我们都不想长大：

太宰治 梦野久作 芥川龙之介 有岛武郎的青春童话

江苏凤凰文艺出版社
JIANGSU PHOENIX LITERATURE AND ART PUBLISHING, LTD

[日]太宰治等——著　邹评——译

图书在版编目（CIP）数据

我们都不想长大：太宰治、梦野久作、芥川龙之介、有岛武郎的青春童话 /（日）太宰治等著；邹评译. — 南京：江苏凤凰文艺出版社，2019.9
ISBN 978-7-5594-3994-9

Ⅰ. ①我… Ⅱ. ①太… ②邹… Ⅲ. ①童话 – 作品集 – 日本 – 现代 Ⅳ. ① I313.88

中国版本图书馆 CIP 数据核字 (2019) 第 166174 号

我们都不想长大：
太宰治、梦野久作、芥川龙之介、有岛武郎的青春童话

（日）太宰治等　著　　邹评　译

出 版 人　张在健
责任编辑　白　涵　刘洲原
特约编辑　范　迪
责任印制　刘　巍
出版发行　江苏凤凰文艺出版社
　　　　　南京市中央路 165 号，邮编：210009
网　　址　http://www.jswenyi.com
印　　刷　三河市祥达印刷包装有限公司
开　　本　787mm × 1092mm 1/32
印　　张　6.75
字　　数　97 千字
版　　次　2019 年 9 月第 1 版　2019 年 9 月第 1 次印刷
书　　号　ISBN 978 - 7 - 5594 - 3994 - 9
定　　价　39.80 元

每个大人心里都住着一个孩子；

而每个小孩心里，都有个未来成人在静静等候。

——约翰·康诺利

目录

contents

梦野久作

芥川龙之介

太宰治

奔跑吧，美乐斯

美乐斯非常生气。他下定决心要除掉那暴虐的国王。美乐斯不懂政治，美乐斯只是个农村的牧人，日日吹笛，与羊嬉戏，但他对邪恶比常人敏感了一倍。今天早上，天还蒙蒙亮，美乐斯就已经从村里出发，越过原野，翻过山脉，来到十里外的叙拉古城。美乐斯没有父亲、没有母亲、没有妻子，他跟十六岁的妹妹两个人相依为命。他的妹妹最近要嫁给村里一个忠厚老实的牧人。结婚典礼将近，美乐斯为了买嫁衣和张罗宴席，特地来到城里。他采买了那些东西后，在这座城市的大道上东晃西晃。美乐斯有位好友叫作塞里努丢斯，正在这座叙拉古城当石工。采买完毕的美乐斯本来很期待跟老友久别重逢，但走着走着，他发现整座城市的样子有些诡异：太阳下了山，城里一片黑是很合情合理的，然而这座城市的寂寥，似乎并非来自夜色黑暗。平常优哉自得的美乐斯，也渐渐感到不安，他向路上的年轻人搭话，问道："我两年前造访这里时，晚上依然有人唱歌，市井街坊也很热络，如今到底发生了什么事？”年轻人只是摇了摇头，不回答他。又过了不久，他遇见了一位老爷爷，于是用稍微强烈的口气问了刚刚的问题。老爷爷不回答，美乐斯便抓住他的肩膀一直摇晃，要他回应。最后，老人用像是怕被人听见的音量低声道：“国王陛下，杀人……”

“为何杀人？”

“陛下说人们怀藏恶心，但没有人有恶心啊。”

“他杀了很多人吗？”

“是啊，一开始是陛下的妹夫，接着是陛下的继承人，接着是陛下的妹妹，然后是她的儿子，接下来是皇后，之后又杀了贤臣阿雷基斯大人……”

“太吓人了。这国王疯了吗？”

“不，陛下没疯，但他说，他无法相信别人。最近陛下又开始怀疑臣下们是否包藏祸心，只要是住得豪华些的，都得交出一个人进宫当人质，要是不从，就钉上十字架杀了。今天就杀了六个人呢。”

美乐斯听到这段话，火冒三丈：“太夸张了，不能让这国王活下去！”

美乐斯是个单纯的男人，他背着他买的东西，缓缓地前往王城。没隔多久，他就被巡逻的警吏捉住了。不仅如此，他怀中的那把短剑还让整件事情变得更加麻烦——美乐斯被拘捕到国王面前。

“你本来想用那把短剑做什么？快说！”暴君迪奥尼斯用沉稳又有威严的声音问道。国王脸色苍白，不过眉间的皱褶，倒是宛如雕刻般深沉。

“用来拯救这座城市于暴君之手。”不觉得自己在做坏事的美乐斯答道。

“就凭你？”国王露出可以说是怜悯的笑容，“当真无可救药。你不懂我的孤独。”

“住口！”美乐斯怒而反驳，“怀疑人心正是最可耻的恶德！国王，你竟怀疑人民的忠诚？”

“是你们教导我，怀疑才是正当的心志。人心总是不可靠，人类更是私欲的团块，绝不可相信。”暴君只是沉着地低语，又叹了口气，“我也期待和平的世道啊。”

“为了什么和平？为了守护自己的王座吗？”换美乐斯以嘲笑的口吻说道，“杀害无罪之人，又算什么和平？”

“闭嘴，你这下贱的人！”国王终于抬起头，“人们的嘴巴可以说出各种清高的话，我却看不见人们腹中打着的算盘。要是我现在把你挂上十字架，看你还怎么继续嘴硬！”

“啊，陛下是如此聪明，您大可为此自满。我并不怕死，也绝不会为自己求情，但——”说到这里，美乐斯把视线投向自己脚边，瞬间犹疑了一下，“但，若您有可怜我的打算，请给我三天时间。我那唯一的妹妹就要出嫁了，在这三天，我将回村子为我妹妹举办婚礼，之后再回来伏法。”

“你说什么傻话？”暴君用沙哑的声音低笑，“说谎也打个草稿。放归山林的鸟儿，难道还会再回来吗？”

“会的。会再回来的。”美乐斯说，“我会遵守与您的约定，所以请给我三天时间，妹妹还在等我回家！若是信不过我也无妨，在这座城里，有位名叫塞里努丢斯的石工，是我从小到大的朋友。我将他抵给你作为人质。若我逃跑了，直到第三天太阳下山都没回来，你就杀了他。求您了。”

听了这段话的国王，用一种残虐的心情悄悄地、得意地笑了：这还真是空口说大话，反正不会回来了，干脆就装成被这个骗子给骗了，放他一条生路，然后第三天，再把被抓来当人质的男人给杀了。届时，自己还可以边露出悲伤的表情说“唉，所以才说人类都不能相信”边让自诩正直的人们看看这一幕。

“如你所愿，把那个人质给召来吧！倘若你在第三天太阳下山后仍没回来，我就杀了人质。你也可以晚来一点，这样就能饶恕你的罪了。”

“您这话我听不懂。”

“哈哈哈！反正你大概也宝贝你的小命，所以叫你干脆晚点来！你在想什么，我怎么会不知道呢！”

美乐斯非常不甘心地跺了跺脚，气得不再回嘴。

当他的好友——也就是塞里努丢斯在深夜时分被召到了暴君迪奥尼斯的王城时，相隔两年，两名生死之交终于在暴君眼前重逢。美乐斯把事件经过都告诉了他，而塞里努丢斯只是无言地点点头，拥抱了美乐斯。知己之间，这样就足够了。塞里努丢斯当下被捆住，而美乐斯随即出发回村。初夏夜空，满天星斗。

当晚，美乐斯未曾合眼，赶了整整十里路。回到村庄时已经是隔天的上午，太阳早已升得老高，而村民们已经开始前往野地工作了。美乐斯那十六岁的妹妹今天替哥哥牧羊，她看到步履蹒跚、疲劳困顿的哥哥，吓了一跳，凑上来开始问东问西。

“没什么的。”美乐斯勉强打起精神，挤出笑容，“在叙拉古还有些事要忙，所以还得立刻回去。明天就帮你举办婚礼，越早越好。”

妹妹的双颊飞红。

“你开心吧？也帮你买了漂亮的衣服，来，帮我去跟村里的人说，明天就是婚宴了。”

美乐斯又摇摇晃晃地走回家，打点诸神的祭坛、准备婚宴的料理后便倒在地板上，像是死人一般沉沉地睡着了。

当美乐斯再度醒来，天已经黑了。他立刻去了未来的妹夫家，并且试图说服妹夫，因为自己这边有些事，所以想把婚礼提前到明天。未来的妹夫惊呆了，答道：“这可不行啊！这边可什么都还没准备，至少等到葡萄的季节[1]吧！”美乐斯说：“这事没办法等，请你明天娶我妹妹吧！”美乐斯虽然坚持己见，但未来的妹夫也与他相持不下。他花了整整一个晚上，才成功动之以情，晓以大义地说服妹夫。婚礼在正中午举行，而当新郎新娘对诸神宣誓完后，黑云覆盖了整个天空，不久便是一场滂沱大雨下了下来。来参加婚宴的村民们虽然感到有点儿不吉利，但依然各自重整心情，在那狭窄的家中忍受着闷热，开朗地唱着歌、拍着手。美乐斯此时也是满面春风，甚至把与国王的约定给抛到了脑后。入夜之后，婚宴更是进入酒酣耳熟的状况，大家已经完全不在意屋外的豪雨了。美乐斯想着，若一生能就这样下去该有多好，能跟这群人一起活下去该有多好！但现在自己的身体不是自己的了，多想无益。美乐斯抽了自己几下，振奋起自己的精神后，终于定下心来，决定回城送死。到明天日落为止还有相当充足的时间，美乐斯决定小眠一下再出发，到那时，雨想必也会

① 葡萄的果期通常是晚夏到初秋，美乐斯当然等不了那么久。

变小了吧！纵使是美乐斯这样的男人，也会想在这个家里多待片刻。人总是不可能没有留恋的。于是他靠近了今晚沉浸于欢欣中的新娘：

“恭喜你结婚。我已经累了，就先去休息了。醒来后我就要立刻回城去处理我的事情了。就算我不在了，你还有温柔的丈夫，绝对不会寂寞的。你也知道，你哥哥我呢，最讨厌的就是怀疑别人，还有说谎欺骗别人了，别对你丈夫有秘密，我要说的，就是这些。你哥哥大概是个伟大的男人，也希望你以此为荣。”

新娘宛如做梦一般地点了点头。美乐斯接下来又拍了拍新郎的肩膀：“我们家跟你一样，也没做什么准备。要说我家真有什么贵重的宝物，就是妹妹，还有那些羊了，其他就如你所见的，家徒四壁。这些全都给你吧。希望你以成为美乐斯的弟弟为荣。”

新郎搓了搓自己的手，也有点不好意思。美乐斯则笑着跟村民们打了招呼后，便离开婚宴会场，钻进了羊圈的房子里，又如死了一般睡去。

他在隔天的破晓时分醒来。美乐斯惊跳而起：糟了，莫非睡过头了？不，现在就出发的话，时间还很充裕！今天一定要让那个国王知道人还是有信用这东西的！我要边笑着边踏上那座处刑台！美乐斯悠然自得地开始准备行装，而雨跟昨晚比起来似乎是小了那么一些。行装整理完了，美乐斯打起精神，挥着自己的双臂，跑进了雨中。

我今晚就要死了。我是为了送死而奔跑的！是为了救出替我为人质的朋友跑的！是为了打破那国王奸佞的邪智而跑的！不跑不行。我接下来，就要被杀了。趁着还年轻，守住自己的名声！别了！故乡！年轻的美乐斯越想越痛苦，曾有几次，他都想停下脚步。但他总是呵斥几声来警醒自己，继续跑下去。出了村子、过了原野、穿过森林、抵达邻村的时候，雨已经停了，太阳高挂天空上，开始变热了。美乐斯用手臂挥掉额头上的汗珠。来到这边就没问题了，对故乡已经没有任何依恋，妹妹和妹夫，一定能成为一对佳偶。而我现在，没有任何未竟的事情了，只要去到王城就可以了，那就慢慢来吧！美乐斯恢复了他那日常的悠闲，边用那好听的声音哼着自己喜欢的歌，边缓缓地走了两三里。就当他走到路程的一半时，灾难突然涌了出来，而美乐斯的脚也停了下来：看看眼前的大河吧！昨天那落在水源地的豪雨导致今天河水暴涨，浊流滔滔而下，一举冲毁了架桥。那轰然鸣动的激流已把桥桁冲得载浮载沉。美乐斯茫然地站在河畔，举目张望，高声大喊，但显然轻舟已遭洪流吞没，摆渡人也不见踪影。水位只高不低，不知何时大河已是一片汪洋。美乐斯跪下，蜷伏在河畔，边洒着男儿泪边举起手向那宙斯哭求："哎呀！请您平息这狂流吧！时间一刻刻地流逝，太阳已经日正中天，若是不在太阳下山之前抵达王城，我的好友就要为我而死了！"

那浊流像是在嘲笑美乐斯的呼喊般更加猖狂地舞动起来。浪花层层叠叠、卷曲翻滚，而时间分分秒秒都在流逝。美乐斯立下决心：看来只能游过去了！啊，众神，愿你们明察！现在就让众神们看看，友情与诚心的伟大力量足以击败浊流！美乐斯一跃进入河中，与那简直像是百条灵蛇般的洪流进行殊死的斗争。他将全身的力气集中在双臂上，以他无畏的气概拨开那一拥而上，时而涡卷、时而拉扯的河水。或许是连神明都垂怜这勇猛若狮的男子，美乐斯在洪流之中载浮载沉，最终成功抓住了对岸的树干。可喜可贺。美乐斯那如马般健壮的身体甩了甩水，又立刻前进。太阳已经偏西，没有时间可以浪费了。就在他气喘如牛地爬上山坡，登顶，刚刚松一口气时，眼前出现了一群山贼。

“站住！”

“你们要做什么？我得在太阳下山之前赶到王城去。别阻碍我。”

“留下你身上所有的东西，否则你就别想走！”

“我除了这条命之外就没别的东西了。这条命等会儿也得给国王呢。”

“我们就要你的命！”

“看来是国王要你们埋伏在这里的了！”

山贼不发一语地举起了棍棒袭来。美乐斯一个低身，宛如飞鸟般欺近其中一名山贼的身旁，夺走了棍棒：“虽然你们也很可怜，但这是为了正义！”他猛然挥下，转眼之间就已经打倒了三名山贼。趁着剩下的山贼还在发愣之际，他一口气奔下了山坡。但他身上积累起来的疲劳，被那午后的灼热阳光一照，甚至让他数度有点晕眩。这样可不行，他这么想着，又摇摇晃晃地往前走了两三步后，还是跪下了。他仰天哭泣：“啊！泳渡浊流、击倒了三名山贼的勇士，到了这里的美乐斯！真正的勇者，美乐斯啊！在这里居然累倒了，真是太见不得人了。想想你的挚友，信了你的话，却要为你而死了！你可真是个前所未闻的大骗子，这不就称了国王的心意了吗？”美乐斯尝试激励自己，但他的全身已经不听使唤，他现在只能像只毛毛虫般地匍匐前进，最终滚到了路旁的草原上。身体疲劳之下，精神也会明显萎靡，“别管他啦！”这个显然不符合勇者这个概念的惰性已经开始在美乐斯心里萌芽：我都已经这么努力了，我没有一点儿想要毁约的意思！诸神在上，我已经尽我最大的努力了，跑到我已经不能再跑了！我绝对不是食言而肥的人！要是可以，就请剖开我的胸膛，看看我那赤红的心脏，看看我那仅以爱和信实的血液脉动着的心脏吧！但我在这个时候耗尽了我所有的力气！我真是个不幸的男人！我一定会成为笑柄！我的家人也会被人指指点点！我欺骗了我的朋友，中途倒下，不就跟什么事都没做一样吗？啊，随他去吧！这或许就是我的命运！塞里努丢斯啊，原谅我！你一直以来都信任我，我也一直以来都遵守与你的承诺，我们是一对挚友！那片怀疑彼此的暗云，从未出现在我们的心中过！此时此刻，想必你也是默默地在等待着我吧！是啊！你一定在等着我吧！谢谢你，塞里努丢斯！谢谢你相信我！但想到这里，我便万分痛苦。朋友间的信赖，正是这个世界上最令人骄傲的宝物！塞里努丢斯，我已经跑过了，我没有任何想要欺骗你的意思，一丁点儿都没有！求你相信我！我十万火急地到了这边，突破了浊流的阻碍和山贼的包围，跑下了山坡！因为是我，所以才做得来呢！啊，别再对我有更高的期待了！放过我吧！任他去吧！是我输了！是我没用！笑我吧！国王还对我私语，要我干脆晚点来！要是晚到的话，就杀了人质，赦免我的罪！我是多么憎恶国王的卑劣！但现在，我不正在照着国王说的做吗？我大概真的会迟到，大概国王也会因此嘲笑我，然后放了我吧！但若真是这样，这真是比死了还难过！我将永远是个背叛者，是这大地上最没有诚信的人！塞里努丢斯！我也一起死，请让我跟你一起死！只有你会相信我的。等等，莫非，这只是我的自我满足？啊，干脆就当个恶人活下去吧！村子里有我的家还有我的羊，妹妹和妹夫总不会把我从村子里赶出去吧！正义啊、信实啊、爱啊什么的，其实也很没意义啊！杀了别人让自己活下来，这不也是人类世界的常理吗？啊，这一切都这么蠢！我就是个丑恶的背叛者！那么就随他去吧。他伸展了四肢，沉浸于梦乡。

突然，耳边传来一阵潺潺的水声。美乐斯轻轻地抬起头，专注地听着那个声音。脚边似乎有水在流动。他摇摇晃晃地站起身，发现石头的裂缝中正不停涌出泉水，而那泉水正似在对他低语。被那泉水吸引了视线的美乐斯低下身子，用双手掬起泉水，喝了一口，接着，便是一阵长长的呼气。他感到自己仿佛大梦初醒。可以走了。出发吧！在肉体的疲劳恢复的同时，微薄的希望也随之诞生——成功履行自己义务的希望！纵使此身消失，也当守护名誉的希望！斜阳已将他赤红的光芒投射在树木的叶子上，那枝叶现在是宛如火焰般的赤红。离太阳完全下山还有一点时间，而有人正在等我！有完全相信我的人正在等我！有人信任我！我的命什么的，不过是小事，岂能在这边嚷嚷着以死谢罪！我还有不得不回报的信赖！现在，除了这个，还有更重要的事吗？跑吧！美乐斯！

有人信赖我！有人信赖我！之前的那个，是恶魔的低语！必然是场梦，是场噩梦！忘了吧！五脏六腑疲劳之际，就是会做这种噩梦的！美乐斯，这不是你的耻辱，你果然是个真正的勇者！你这不是再站起来奔跑了吗！真是太好了！我可以作为一个正义之士而死！啊！太阳要沉了！它就要沉下去了！宙斯啊！等我！我生下来就是个正直的男人，要死也要当个正直的男人！

推开路上的行人，美乐斯宛如一阵黑色的风急奔而过。笔直穿过在原野上办的酒宴，美乐斯使所有与会的人都惊呆了。踢开野狗、跳过小川，他用那十倍于太阳西沉的速度奔跑着。就在他与一团旅人擦身而过时，他们不祥的会话飘进了他的耳里：“这时，那个男人已经上了十字架吧！”啊！那个男人！就是为了那个男人，我现在才在全力疾奔！不能让那个男人死！美乐斯，绝不能迟了！爱与诚心的力量，就该在此刻让他们知道！外观什么的都无所谓了！美乐斯现在已经不挂一丝，难以呼吸，甚至还咳了两三回的血，但遥远的彼端，叙拉古城的塔楼就在那里！夕阳照着塔楼，让它闪闪发光！

“啊，美乐斯大人！”呻吟般的声音随着风声而来。

“是谁？”美乐斯边跑边问道。

“费洛斯特拉斯！我是您的挚友塞里努丢斯的徒弟！”那名年轻的石工也跟着跑在美乐斯的身后，叫道，“已经来不及了！没有用的！请别再跑了！师傅已经救不下来了！”

“不，太阳还没西沉！”

“差不多，师傅也该是被执行死刑的时候了！啊，您还是迟了！真是可惜，您要是能再早一点，再早那么一点！”

“不，太阳还没西沉！”心痛的美乐斯盯着那赤红且巨大的夕阳。他只能继续跑。

“别再跑了！求您别再跑了！现在您的命比较重要啊！师傅他一直相信着您，就算是被拖去刑场，被国王冷嘲热讽，他也是平静地回答说，‘美乐斯会来！’他看起来相当坚定！”

“正是因为这样，我才要跑！因为有人相信我，所以我跑！来得及来不及，早已不是问题了！人命也不是问题了！我是为了更可怕、更巨大的东西而跑着的！跟上吧！费洛斯特拉斯！”

“啊，您这是疯了吗？那么您就跑吧！说不定还真来得及！跑吧！”

这倒是无须赘言。太阳仍未西沉，美乐斯尽他全力奔跑着。此刻他的脑海里已经空无一物，但他依然被那不可言喻的巨大力量指引着。阳光已经在地平线上摇曳，正当它要消失的那一刻，美乐斯已如一阵风般冲进了刑场。他终究是赶上了。

“等等！那个人不能杀！美乐斯回来了！照着约定回来了！现在回来了！”他本想向刑场的围观群众大喊，但奈何自己的喉咙现在只能发出低沉沙哑的声音，在场甚至没有一个人注意到他。而那塞里努丢斯，正缓缓地被吊上那高高的刑架。目击了这一幕的美乐斯，使出了他最后的勇气与力气，如方才在浊流中泅泳般拨开一团又一团的群众：“是我啊！刑吏！该被杀的是我！美乐斯！将他当成人质的我，就在这里！”用沙哑的声音拼命呼喊着的美乐斯终于上了处刑台，并抱住了渐渐被吊起来的挚友的双脚。群众看到这个画面，为之震动：“做得好！赦免他！”绑着塞里努丢斯的绳索，被解开了。

“塞里努丢斯。”美乐斯满眼都是泪水，“揍我。用力地揍我的脸吧！我在路上，曾做了个噩梦！你若是不肯揍我，我没有资格再度拥抱你！快揍吧！”

塞里努丢斯仿佛知道一切般地点了点头，扇在美乐斯右颊上的巴掌声响遍了整个刑场。接着，他温和地微笑道：“美乐斯，也请你揍我吧，要打得跟刚刚这下一样响。我在这三天里，还是怀疑了你一次。打从生下来到现在，我第一次怀疑你。你要是不肯揍我，我也不能拥抱你。”

美乐斯挥起手臂，也回敬了塞里努丢斯的脸一下。

“谢谢你，我的好友！”两人同时说道，并紧紧拥抱在一起，号啕大哭，喜极而泣。

群众中的唏嘘声此起彼落。而暴君迪奥尼斯一直在群众后方看着两人。最后，他悄然地来到两人的身边，满脸通红地说道："你们的愿望达成了，你们胜过了我的心。信实，确实并非空谈的幻想！能不能让我成为你们的伙伴呢？希望你们能答应我，让我成为你们的一员！"

群众之间响起了欢呼声："万岁！国王万岁！"

有一名少女献给了美乐斯一件绯红的斗篷。美乐斯愣住了。而他那伶俐的好友开口："美乐斯，你现在还全裸着呢。快穿上那件斗篷吧。这位可爱的姑娘，显然是觉得让其他人看到你的裸体，不太得体！"

勇者此刻的脸，红到不能再红了。

（自古代传说与席勒诗歌[①]而来）

① 德国诗人弗里德里希·席勒（Friedrich von Schiller，1759—1805）于1798年的诗作《人质》（Die Bürgschaft）。

梦野久作

多话公主

在某个王国，国王和王后有一颗掌上明珠，大家都叫她多话公主。

这名公主美貌动人，但不知为何就是很多话，从早到晚，只要唇瓣一关她就心情不好，如果她说些什么却没人听，那她的心情会更差。

某个早上，这位多话公主醒来，盥洗完毕之后，便立刻飞奔到了父王和母后眼前，开始她的“多话”：

“父王、母后，昨晚真是太惊险万分啦！我在我房间里睡着，突然有个小黑人，不知道从哪进来的，把短刀顶在我的胸前，用狰狞的脸问我，宝物在哪里！”

“哎！接着怎么了？”

国王和王后吓坏了，问道。

“接着呢……我只好乖乖带他去宝物库，然后他就用他那黑黑的手臂斩开了锁头，把里面的宝物全都运出了城堡呢！”

“你怎么不大声呼救呢？”

“因为那个小黑人用刀指着我，要我搬那些宝物嘛。”

“那还真是不得了！得赶快派兵去追才行！接着怎么了？”

“总算搬完之后，小黑人拿着短刀顶着我的胸口，接着说，‘当我的新娘！’”

“咦！那你怎么回答的？”

“当我正在烦恼该怎么办时，我就醒了。”

“什么？”

“也就是说，这是一场梦！”

“笨蛋……这个笨蛋公主！为什么不早点说这都是梦呢！”

国王陛下简直气坏了。

“哎呀，是梦就好，是梦就好！真是让我担心死了。”

王后倒是松了一口气。

“哎呀，接着还有呢。我醒来之后，发现天还没亮，旁边还是一片黑漆漆的，我很害怕，所以就下了床到了隔壁侍女们的房间，结果发现两名侍女居然都不在！”

“真是太可恶了，安排来陪你的侍女居然不知上哪鬼混去了！这要不让她们尝点苦头还真是没王法了。”

国王的火气又上来了。

“父王，那可不行！我正要去找她们时，发现她们两个在织布间纺线呢！”

“嗯？纺线？”

公主的母后接下了话头：“真是令人惊讶，这么晚了还不眠不休地在纺线。”

“还有更令人惊讶的呢。”多话公主继续说了下去，“我那时想着啊，这两个侍女这个时间在织布间里做什么呢？于是就从钥匙孔往里看，这才更吓人呢！东边和西边的墙上，满满都是蜘蛛，每一列大概有几百、几千只吧！”

“蜘蛛？真让人不舒服！”国王和王后异口同声地说道。

“但那些蜘蛛一点都不令人感到不舒服。东墙上的蜘蛛全都是金色的，西墙上的蜘蛛则是白银的颜色，闪闪发光，漂亮极了！两个侍女呢，分别用两种蜘蛛尾端吐出来的金丝和银丝，分别把它们挂上纺车，转啊转地把它们揉成线……那景象有趣又美丽极了。”

“嗯，这还真是不可思议呢。”

“还有更令人不可思议的呢！那纺完的线越来越多，整个房间里都亮得跟正中午差不多呢！看着这幅景象，我不禁从房门外问了一句，‘那个线要拿来做什么呢？’”

“她们怎么回答？”王后问道。

“她们没有回答。”

“这是为什么？”

“两个侍女吓了一跳，朝我的方向看过来，然后不小心把她们在转的线轴逆着转了起来！然后金线和银线就从线轴上飞了出来，缠住两名侍女的颈子啦！”

“哎呀！接着呢？”

“两名侍女吓到了，她们站起来想要把线给扯掉。但她们越是挣扎，从线卷上飞出来的线就越多，最后连她们的手脚都被缠住了！她们发狂似的在地上打滚，但是隔了不久，那些金线银线就把她们给捆了个扎实，像是人做的线卷般了。最后她们只能在地板上不停发出呻吟声，滚来滚去。”

“你看到了那幅景象？”

“是啊，我觉得我真是做错事啦。我要是不说话的话，两名侍女就不会吓一跳；她们要是不被吓到的话，应该也不会不小心把纺车转错方向；要是没转错方向的话，金银线也不会缠到她们身上了。”

“没错，没错。”

“有道理。”

“我那时就这么想着，想要赶快救救她们，结果门锁着，进不去，没办法。”

“这还真是麻烦啦。”

“然后呢？”

“线卷的线已经把两名侍女捆得牢牢的，墙壁上的蜘蛛也因此被侍女的身体拉扯着，但侍女们一直滚来滚去，这也让墙上的蜘蛛们非常痛苦。生气的蜘蛛们就把缠在侍女们身上的线给咬断了。”

“啊，真是太好了。”

“不，接下来的才可怕呢！把线咬断的蜘蛛们聚在一起，把侍女们给吃干净啦！”

“哎呀！那真是不得了！”

“真是太可怜了。”

国王和王后边说着边站了起来，打算要去织布间。而多话公主急着阻止了他们：“父王母后，别着急……这些也是梦啊……”

“什么？又是你的梦？”

“你的话也太真真假假啦！”

国王和王后再度坐回了椅子上，而这次国王气得满脸通红，瞪着多话公主：“你这个蠢货，整天只会絮絮叨叨一些假话骗人！要是再说谎就把你丢入石牢！”

他大声地叫骂着。

“乖孩子，接下来要好好告诉我们真话，知道吗？”

王后帮两个人圆场，但多话公主看起来一点都不在意：“接下来的才是真话，到刚刚为止的话，都是为了这个真正有趣的事情说的！”

“什么？接下来的话才是真正发生过的趣事吗？”

“怎么了？”国王和王后问道，而多话公主又继续接了下去："我从梦里醒来，觉得这个晚上真的是太诡异了，要再这样睡下去真的有个小黑人来怎么办？如果去了侍女的房间，结果真的在那边看到什么可怕的东西怎么办？我想了很久，最后决定在床上叫唤两个侍女的名字。"

"哎呀，一开始就这样做不就好了吗？"国王说道。

"不过前面的就是梦嘛，没办法的。"

"嗯，也是啦！然后呢？"

"然后两位侍女就来了，我终于安下了心，把自己做的两个梦告诉了她们。"

"她们俩应该都很吃惊吧。"王后说。

"嗯！她们露出了很惊讶的表情，对视了一下，又微笑着说'那是相当可喜可贺的梦呢'。"

"为什么可喜可贺？"

"宝物被偷，侍女被杀，这种梦到底哪里可喜可贺了？"

国王和王后再度异口同声地问了。

"侍女们说，据说，自古以来，在这个国家最可喜可贺的梦，就是‘短刀与蜘蛛’了。”

“嗯？有这回事？”

“我也是第一次听到。”

国王和王后面面相觑。

“我也不是很清楚，但是侍女们是这么说的。”多话公主补充道。

“所以，到底怎么个可喜可贺法？”国王问道。

“据说只要梦到短刀和蜘蛛，就能有个好丈夫呢。”

“哎呀，是真的吗？”

“听说是真的，但是如果被那个‘未婚夫’知道的话就没用了，所以两名侍女告诉我说，千万不可以告诉别人自己梦到蜘蛛和短刀。”

“哎呀，你还真是个小傻瓜。为什么要把这个梦给讲出来呢？”王后一脸惋惜。

“没关系的，母后。我不需要什么丈夫，因为把这故事讲出来更有趣啊！活到现在第一次做这种梦呢！”

“你还真是无药可救的多话呢。那就先让你的侍女别说出去吧。”王后说道。

“没关系的，母后，侍女们不说，我也会说的！”多话公主说道。

正当国王和王后都为多话公主的多嘴感到无药可救时，公主的两名侍女来到了公主跟前，低下头：“公主，吃饭时间将至，这就来帮您化妆了。”

侍女们行礼如仪，而王后见了便说：“你们就是昨晚听了公主那有趣梦境的侍女吧？”

被这么一问，侍女们倒是一脸震惊样，她们面面相觑，接着异口同声地回答：“陛下，公主殿下没有跟我们说任何有关梦的内容。”

“你们真的一句都没听她说过？”国王用着十分可怕的表情瞪着她们。

“是的。”

“不准说谎！”

“方才说的，没有任何谎言。”

“好。你们先退下吧。”国王说道。侍女们行了个礼后离开了。

等到侍女们离开后，国王那简直可以杀人的目光望向了多话公主：

“多话公主，你为什么整天说谎？”

国王的口中发出了雷鸣般的骂声。但公主一点也不害怕，并主张：“不，我一点谎都没说。我真的做了那种梦，真的把那些梦跟侍女们说了！说谎的是侍女们啊！”

但国王已经完全不相信公主说的任何一个字了：“从你口中吐出来的东西全都是谎言，如果还是执迷不悟的话，你从今天开始就不是我的女儿！在我们国家，说谎的人就是要打入石牢！就让你也去蹲苦牢吧！”

国王边说着边站了起来，抓住正在哭喊的公主的衣襟。

王后整个人慌了，赶忙为公主缓颊。

“公主啊，快跟你父王道歉，说以后绝对不说谎了，妈妈也帮你跟父王说，好吗？”

公主只是边摇着头说不要边拒绝道歉，哭着。

“既然你冥顽不灵，那么便没有任何原谅你的理由了。”

相当愤怒的国王最后还是把多话公主给扔进了石牢

里。牢房在城堡的地下，在那又黑又寒冷的地下。

多话公主被关进牢房后，因为实在太过害怕了，在冰冷的石地板上不停呜呜哭泣着，但没有任何人来。无论是呼唤母后，还是两位侍女的名字，身旁都只是一片沉默的黑暗。

不久，公主哭累了，当她整个人疲惫不堪就要入睡之时：

“喵——”

是一阵温柔的猫叫声。

抬头一看，在黑暗的彼方有两只黄金色的猫眼在闪闪发光。

多话公主从来没有这么寂寞过，所以看到这只猫就很开心地叫道：“来、来、来！”

猫听到这句话，就靠到了公主身旁，喉头发出了呼噜噜的声音。

公主把猫抱起来，说道：“哎呀……你是从哪儿进来的？这间石头牢房连一只老鼠都进不来呢！你要是知道该怎么离开这里，就告诉我吧！”

“喵——”

“哎？你真的知道怎么出去吗？”

“喵——”

“那，帮我带个路吧！”

“喵——喵——”

话音刚落，那只猫就从公主的怀抱中跳到地上，缓缓地走了几步后回过头来，简直就像是在说“来，这边”似的。

多话公主边怀疑这只猫是否真的能带她逃离这个牢房边追随着在那片黑暗中的两只猫眼，徐徐地踏出步伐。不可思议的是，原本让人觉得很狭窄的牢房其实非常宽广，无论怎么走都不会撞到墙壁。而就这样走着走着，不知何时一人一猫已经到了一片大平原上，草叶抚着公主的鞋尖。

回过神，公主发现，头顶上已经是夜空，而从云朵之间看得到星星的光芒。

“猫咪果然把我救出来了！但是这里到底是哪里呢？”

公主向四周看了看。

接着四周开始变亮，当公主发现自己身旁的山河、森林和人家都是自己不曾看过的东西后，对面的云雾之间，赤红的太阳闪亮亮地出现了。草原上的花朵也沐浴在阳光之中。

这时公主才发现，带着自己逃狱的那只猫不知何时已经不见了。

公主就这样呆站着。不久，后方的森林里出现了两个看起来像是农民夫妻的人影，他们靠了过来……哎呀，这是怎么一回事？“他们”居然是人型的云雀呢。它们看到了多话公主后，吓了一跳，停了下来，指着多话公主，开始说话：

“咕啾、咕啾、咕啾、咕啾。”

“哔咕、哔咕、哔咕、哔咕。”

听着它们的对话，多话公主完全把这不可思议的景象抛到脑后，只觉得这实在是太有趣了：“啊……这真是太有趣了。那个……云雀先生，能不能告诉我，这是哪里呢？”

公主靠近，而云雀夫妇立刻落荒而逃：

“哔咕咕、哔咕咕、哔咕咕、哔咕咕。”

“啾咕哩、啾咕哩、啾咕哩、啾咕哩。”

它们拼命地叫着，向自己家的方向逃了回去，或许是因为它们的呼唤，森林中出现了大量的云雀。

这些云雀全部都人模人样的：像老爷爷的、像老婆婆的、像年轻人和小孩子的……它们一个接一个地走出森林，把多话公主给围了起来。

围住多话公主的这群云雀一开始都沉默着，一脸奇异地盯着多话公主。

不过，这群云雀看似没有加害于她的打算，安心下来的多话公主于是决定再问一次：

“哎呀呀……这里是云雀的国度吗？我是从人类的国度来的，但是不知道该怎么回去，所以不知该如何是好，有人知道该怎么回去吗？可以告诉我吗？”

这群云雀中看起来最老的那一位说话了：“哩啾、哩啾。哩啾、哩啾。啾、啾。啾呜、啾呜。”

“您在说什么呢？”

“啾咕哩、啾咕哩、啾咕哩。”

“咕哩叽里、咕哩叽里。叽里哈咯、叽里哈咯。”

“我还是一点都听不懂啊。”

“叽里噜、叽里噜。噜噜咿、噜噜咿。哩啾咕、哩啾咕、哩啾咕、哩啾咕。”

“这还真无聊……说那些话……”

多话公主说道。这时，云雀们全都开始七嘴八舌了：“哔咕、哔咕。哔咕、哔咕。咕依啾、咕依啾。咕依啾、咕依啾。啾、啾。啾呜、啾呜。啾咕哩、啾咕哩。唧呀、唧呀。喳噜唷、喳噜唷。喳噜唷、喳噜唷。”

多话公主为这群云雀的多话和嘈杂而震惊：“这、这也太吵了吧！你们再说下去，我的耳朵都要聋啦！快闭嘴、快闭嘴！”

云雀依然围了上来，继续它们的叽叽喳喳。

多话公主实在忍不下去了，于是用两手塞住耳朵，开始逃跑。但云雀们依然叽叽喳喳，而且还追了上来！不知何时，云雀的军队和警察也跟了出来：“叽叽！哔哔！”

它们在这广大的原野上边喊着，边追着不停逃跑的多话公主，实在是太可怕了。

多话公主则边逃跑边哭，不知逃了多久，她整个人就这样头下脚上地栽进了一个深深的井里，一直往下掉，就是没有尽头。一直往下坠落的公主简直吓坏了：“啊！救命！”

公主在巨大的恐惧中整个人已经晕头转向了。

但某一刻，公主定睛一看，自己现在躺在一张豪华的床上，枕着一个相当柔软的枕头——自己不知是何时被带到这个地方的。公主又再度环视四周，又被吓了一跳：

床边有着两只跟人类差不多大的青蛙护士，坐在椅子上的她们金色的眼瞳发出光芒，白色的咽喉则不停起伏着。

青蛙护士们发现多话公主醒来后，立刻站了起来，叫道：“呱！呱！呱！呱！”

从隔壁的房间传来了另一阵声音：“呱……呱。”

一只大蟾蜍——他穿着美观的黑色洋服，戴着眼镜，提着黑色的皮包，缓缓地从隔壁的房间里走了出来。

蟾蜍走到公主的身边后，从包包里拿出了放大镜，开始仔细观察公主的脸、眼睛、鼻子、嘴巴……而当他想要用他那黑色又冰冷的手握住公主的手的时候，公主吓了一跳，把手抽了回来：“哎呀！”

蟾蜍瞪大了眼睛，不久后，他向护士蛙们说道：“呱呼、呱呼。”

蟾蜍离开了这个房间。

接着，一只穿着红色士兵装束的赤蛙进了房间，接着是刚刚那只蟾蜍爬了进来，再来便是衣服上有着华丽金色饰绳的高贵青蛙，还有一脸温柔、像是他的妻子的青蛙也爬了进来。当这两只蛙进到房间时，所有的青蛙通通都跪伏在地上。

不过在房间里所有的青蛙中，只有刚刚那只蟾蜍是低头行礼，他带着看起来就很高贵的夫妇俩蛙到了公主面前，指着公主的五官：“呱呱呱呱。”他说道。而两夫妇则双眼不停地转着，点了点头。

公主再度觉得这一切十分逗趣：“我想我这次是来到了青蛙的王国，进了青蛙的医院吧！蟾蜍是这边的医生，高贵的青蛙一定是这边的国王，来见本公主的。大概是因为我的脸和青蛙的脸完全不一样，所以他们觉得很有趣吧！”

公主还在这么想的时候，那位国王蛙便带着红蛙士兵们离开了。

接下来可不得了啦！

大概是因为青蛙国的国王特地亲自来医院看多话公主这件事不胫而走，各种各样的青蛙都来到了病院的入口，想要一仰公主的尊容。有些青蛙拿起放大镜，也有些青蛙拿起笔记本，更有些青蛙直接就拿出了摄影机开始拍照——当然，也有直接对里面开始“说话”的：

“咕咧咧、咕咧咧、咕咧咧、咕咧咧。”

“嗑呱、嗑呱。”

不想再重演一次云雀国大草原你追我跑的公主，一直都闭着嘴，但是看着这一幕，她总算是忍不住笑了出来：“啊，真是太好笑了，蛙语真是太逗啦。”

公主这么说之后，青蛙们像是吓到了一样，大家你看看我，我看看你，接着又开始热烈地向公主说话。

“咕噜、咕噜、咕噜、咕噜咧、咕噜咧、咕噜咧！”

“咕啰、咕啰、咕啰、咕啰、咕啰、噗哩、噗哩、噗哩、噗啰啰、噗啰啰、噗啰啰。”

青蛙们边叫着边争先恐后地往公主的方向瞧。

“哈哈哈。我的脸有那么稀奇吗？看你们瞪大眼的样子！”

“嘶啦啦啰、嘶啦啦啰、嘶啦啦啰、嘶啦啦啰、嘶啦啦啰、嘶啦啦啰、嘶啦啦啰。”

“不要这样，大家不要都看过来。哎呀！好、好冰！好恶心！不要碰我！好脏啊！”

“吖咧伊咖、吖咧伊咖、吖咧伊咖、咕雷伊喀啰啰、咕雷伊喀啰啰、咕雷伊喀啰啰。”

“抠啰啰、咕啰啰、嘎啰啰、呜啰啰、呱啰啰、呱啰啰、呱啰啰。”

青蛙们一个接着一个把头探进来，最后他们叠在一起，甚至还扑上了公主的床铺，争先恐后地开始“说话”。

终于忍不住的多话公主想要从医院的入口逃跑，但是两只护士蛙却从两边紧咬着她不放。

她看了一下窗户，发现窗户外已经是一片的蛙山蛙海，它们互相推挤着朝医院而来，场面一片混乱。更糟的是，每只青蛙都在不停地七嘴八舌：

“咕咧咧、咕咧咧、咕咧咧。”

“咕咧啾抠、咕咧啾抠。”

“咕噜啰、咕噜啰、咕噜啰。”

“咧啰啰、咧啰啰、咧啰、咧啰、咧啰。”

“嘟啦啦、嘟啦啦、嘟啦啦啦啰。”

“咕啰啦、咕啰啦、咕啰啰啰啦。”

“呱咧啰、呱咧啰、呱咧咧咧啰。”

“咕啦、咕啦、咕啦、咕啦、咕啦。”

“ 呱啦、呱啦、呱啦、呱啦、呱啦。”

“嘎啦、嘎啦、嘎啦、嘎啦、嘎啦。”

公主奋力大叫：“停下来！停下来！再这样下去床都要塌啦！本公主的耳朵都要聋啦！”

但是青蛙们也奋力地要看公主，并发出它们的声音。

公主在情急之下使出全力，踩着青蛙们的头终于逃出了医院正门，但是一出医院，还有更令她惊异的事情在等着她。

光是青蛙们的七嘴八舌就已经够让公主吓得逃出青蛙医院了，但正门外也是一座完完全全的青蛙城：这个城镇到处都是青蛙，无论是电车或是汽车全部都塞满了青蛙。

多话公主出现在医院门口，这更是让整个医院前都沸腾了起来："嘎嘎嘎嘎嘎嘎嘎……哇哇哇哇哇哇哇……"

声浪宛如台风一般。

多话公主踩着青蛙们的头，逃出了城外。但无论公主跑到平原、森林还是农田，青蛙们总是你跟着我、我超越你地不停追随在后。

公主已经上气不接下气，整条腿简直都快跑断了，青蛙们却还是完全没有停止追逐的意思。

追着追着，那一轮圆圆的月亮从东边的山头上探出了脸来。看到月亮，多话公主安心了，觉得大概日落了之后，青蛙就不会追来了——公主想得太美了。太阳下山，月亮挂到天上后，整个平原都开始发出呱呱呱呱呱呱的蛙声，简直像是整片平原上都是青蛙一样——它们已经快追到脚边啦！

这真是不得了！公主朝向山边跑啊跑、跑啊跑，回望下、又回望下，不知不觉，她逃到了一个高高的悬崖上。这时她发现，眼前有一座美丽的都市。

这座都市是座如画般的美丽王都。

每栋房子都是白色的墙壁、蓝色的屋顶，檐下青色或黄色的电灯在闪闪发光。

在城镇的正中央有座巨大的黑铁城堡，从城内散发出紫色的炫目光芒。

城镇上方是夜空中发出光芒的月亮和星星，这一切都那么美，而且那么寂静。电车声、汽车声、人语声、狗吠声，整个城市，完全没有一点声音，简直不知道这里有没有活人住着了。

多话公主望着眼前的景象好一阵子，接着说：

“啊，这么安静的地方真好！白天没有多话的云雀，晚上没有不停鸣叫的青蛙！是个一点都不嘈杂的地方呢！”

多话公主望向她的脚边，发现有一株藤蔓往下垂着，正可以让她一口气下到悬崖下方的人家旁边，她立刻就攀上了那根藤蔓，开始向崖下移动。

“这回我一句话都不说了。这个国家一定也有像云雀和青蛙一样多话的人，而且可能比我还多话，会打着‘只要比我多话就能赢’的坏主意来欺负我。反过来说，只要我不那么多话，这个国家的人一定会对我很亲切的。”

多话公主边这么想着边随着藤蔓向下方而去。一开始悬崖还有点凹凸，所以公主还可以一层一层地往下爬，但是过了不久，整个悬崖渐渐陡峭，到了最后，整个悬崖成了垂直的峭壁，公主也只能吊在空中——害怕的公主虽然想要回去，但没有爬上去的力气，只能紧抓着藤蔓开始哭。

或许是被公主的哭声所吸引，悬崖下方的草原聚集了很多人抬头往上看。或许是因为这座山真的太高了，在公主看来，那些人就像是蚂蚁一样渺小。

这幅景象更是加深了公主的恐惧，正当她颤抖的双手双脚紧紧攀着藤蔓的同时，有个人正顺着藤蔓缓缓地往上爬。当他近到公主可以辨认他的外观时，发现他穿着一件黑色的衣服和长裤，配上一双白鞋，戴着赤红色的面罩，真是个奇妙的人！他轻松地把公主抱在怀中，在公主的身体上似乎装上了某种小小的包裹和拉绳后，把公主给整个人抛了下去。

多话公主整个人吓坏了，不禁大叫道："啊！"

但就在同时，"砰"的一声，公主的头上展开了一个巨大的充气降落伞。而刚好风吹了过来，公主就这样顺着风，飘呀飘地飞向了远方的那座城堡。她虽然有点惊讶，但毕竟是捡回一条命，所以安下心来："刚刚的那人真是不可思议呢。一开始说一声的话，我就不用害怕了。而且他从头到尾都没有说半句话，还真是个怪人呢……"

公主边自言自语着的同时，她头上的降落伞带着她飘飘然地降落在王城的庭院中。公主终于安心地降落在铺在庭园里的白沙上，并把那个带着她飞行的充气降落伞折叠好，塞进了自己的口袋里。

就在公主整理的时候，她的身旁已经围了一圈的铁甲士兵。但是没有任何一个人说话。他们只是默默地带着公主来到了国王的眼前。

国王和王后坐在那钢铁城堡的大铁房间里那高高的铁台座上的铁椅子中。两人穿着全黑的衣物、戴着铁制的王冠。而大房间里那铁墙、铁地板、铁柱子和铁天花板，还有将军和士兵们的铁铠甲，全都磨得像镜子一般。灯火宛如探照灯一样发着紫色的光辉，简直要将人闪得头晕目眩。

多话公主实在有些害怕：“你们接下来要把我怎么样？”

她很想这么问，但是又觉得在大家全都闭嘴的时候不小心开口，显然又会招来不好的结果，所以乖乖忍住了。这时，其中一名铁甲士兵在公主旁边指着国王，然后用手势教公主这个国家的行礼法。

多话公主默默地照着行礼。

国王和王后盯着多话公主一段时间后，默默地点了点头，两人从坛上走下，各牵起公主的左右手，向王城的里边走去。

王城里边的走廊是这么长，向右弯向左弯，爬楼梯下楼梯，一直没个尽头。而带着她走这段路的国王和王后，以及跟在后面的将军们依然不发一语。

公主又很想问：“你们想把我怎么样？”

但她还是忍了下来。最后她被带到了一个相当豪华的房间里。

这间大房间也是由闪闪发光的铁打造而成，正中央有张大铁桌，上面有各式各样不同大小的铁壶和铁杯。公主被安排坐在正中央的椅子上后，左右就坐着国王和王后，接着将军们就在桌子的四周一个个坐了下来。等大家都就座之后，从入口进来了四名穿着白衣的黑人女仆，从桌子正中央的大铁壶中，帮大家眼前的杯子倒满乳白色的汁液。

那白色汁液是多么芳香啊！

从被打入牢房，一路经过云雀国和青蛙国，到大家都沉默不语的人类国这段路上，什么都没吃的公主此刻真想扑上去狂饮一番。

但大家全都一动不动，这让公主也忍下她想要扑上去的欲望。让她感到更意外的是，大家简直视杯子为无物，似乎都没有想把杯子拿起来的样子。此时，国王指着多话公主眼前的杯子，比出了“请快享用吧”的手势。

公主此刻陷入了两难：“这个可以直接喝吗？”

她非常想把这句话问出来，但一转念，又想：“不，不小心开了口一定又会遇上之前的惨剧，就看看大家是怎么喝的吧！”

她虽然非常非常饿，但是还是忍了下来：“这些人一定都是哑巴，耳朵也听不清楚，所以无论我说了什么他们都听不懂，是不是要说句话呢？嗯？等等，如果他们又聋又哑，无论我说什么他们都不会有反应的，那样也很无聊！还是别说话了吧。”

多话公主边这么想着边把两手放在膝盖上，做出一副拘谨样。

看了这情形，国王向王后做了个手势后，王后点了点头，拍了拍多话公主的肩膀后，像是要演示一次给她看一般，拿起了杯子，突然就把那白色的、乳汁般的东西从鼻子“喝”了下去。

公主整个人都愣住了。用鼻子喝也未免太过稀奇了吧！这个想法还未从公主脑中散去，她盯着王后的脸，不禁发出了“啊”的声音。

王后的脸上，有鼻子、有眼睛、有眉毛、有耳朵，这很正常。但是嘴巴的位置，什么都没有。从鼻子到下巴，完完全全是平坦的——看起来像是嘴巴的东西，其实是用红色的颜料画上去的。

从震惊中回过神的多话公主这才偷偷望向将军们和国王：所有人脸上的嘴巴，其实都是画出来的，只是国王和将军们的嘴比较大，王后的嘴比较小。

看着这样子，多话公主终于还是忍不住笑了出来：“哎呀，真是太逗了，大家为什么没有嘴巴呢？为什么会五官不全呢？没有牙齿也没有舌头，到底要怎么吃饭或吃别的东西呢？还是说大家就只能靠这些像是牛奶般的汤水活下去？哎呀，真是太有趣了，怪不得大家没有说话呢，不只不能说话，还不能唱歌，这是有多无聊呢？啊，太可笑、太有趣啦，这国家真奇怪，啊哈哈哈。啊，我的肚子笑得好痛，真是太好笑太好笑了……”

多话公主边捧腹大笑边说着。

原本多话公主以为聋了的这群人，显然听得懂她在说什么。而第一个做出反应的便是王后了——她满面羞耻地流着眼泪离开了饭厅。

被抛下的国王怒发冲冠，拔出了腰间的短刀想要抓住多话公主并杀了泄愤。多话公主这才吓到了："啊？对不起！对不起！"

她边道歉着边逃进了大铁桌的底下，将军们从四面八方伸手进去想要抓住她，而就在她穿来躲去之间，她总算是成功发现了围捕的缝隙，逃出了桌下，逃出了房间。

接着就是再度在城内和大量的将军和士兵进行你追我跑的游戏。

多话公主拼命地逃。

万幸的是，她身材娇小，偶尔翻窗，偶尔钻到地板底下，终于逃到庭院时，城里已经整个乱成一团了：到处都是手持着短刀的士兵在搜寻她。

多话公主整个人发着抖，能往黑暗的地方躲就往黑暗的地方躲——树木和人家的阴影处，她绕着绕着就进到了一座森林里，她这才敢拔腿就跑。

跑着跑着，公主跑到了森林那端月亮照着的地方，在那里有一座高高的铁塔，塔下有个小小的入口。

喜出望外的公主立刻就想要进到塔里，但她接下来又注意到入口有一只大蜘蛛结了密密麻麻的网，正在等着猎物上门。

这景象实在太过可怕，以至于公主倒退了好几步。

但当她一回头，发现钢铁城堡那边到处都是一闪一闪的光芒——那些光就是士兵的短刀，他们正在往这个方向过来。

公主只剩下躲进铁塔这条路了，实在是别无选择。

多话公主此刻欲哭无泪，要逃也逃不了：前有蜘蛛，后有短刀兵。她既恐惧又悲伤，整个人浑身颤抖地站在塔前。

这时，高高的塔上传来了一阵美妙的歌声：

美丽的美丽的月亮啊

就算黑云遮住了你

也别哭、别叹息、别悲伤

到最后你总能探头

可爱的可爱的公主啊

就算蜘蛛抓住了你

也别哭、别叹息、别害怕

到最后你总能获救

听到这首歌的多话公主下定决心，整个人扑向铁塔入口那张绵密的蜘蛛网上，想要从网眼处硬穿过去。

但这张蜘蛛网非常强韧，公主的力气根本突破不了，反倒是被蜘蛛网缠了个扎扎实实。眼见状况不妙的公主不停挣扎、不停挣扎，但最后仍被紧紧地缠在网上。

蜘蛛看到这个景象，眼睛一亮，大嘴巴兴奋地不停开开阖阖，朝着公主扑了过去！

公主被这可怕的状况吓昏了。但蜘蛛捕获了公主后，只是再度喷出一堆蜘蛛丝把公主整个卷了起来，收进高铁塔的角落里，又回到入口重新把自己的网给补好。

这时铁之国的国王，总算带着他人手一把银晃晃短刀的士兵们到了这座塔前。大家看到蜘蛛网把塔的入口封得天衣无缝，认为大概没有人能爬进塔里，于是便往其他地方搜寻了。

多话公主自然是不知道这一切的，有如身处梦中的她只觉得好像自己越来越往高的地方飘去，而当她回过神来，这才发现自己人在一间小小的铁房间中，躺在铁皮的地板上。而旁边有一名男子，正用担心的眼神望着她。

夜空不知何时已被乌云覆盖，但借着不时探出云间的月光，公主发现这名男子很年轻、很高贵，身上穿着美丽的紫衣，而他的嘴巴——仔细看看他的脸，公主发现，这个人的嘴巴不是画上的，而是真正的嘴巴。

“咦！”

公主惊叫，坐了起来：“你的嘴巴是真的嘴巴……”

听着公主的叫声，这位年轻男子露出了洁白的牙齿，笑着说：“是的，我是这个国家的残疾人。”

“哎呀……你怎么会是残疾人呢？”

公主听着这番话，又吓了一跳，但眼前的年轻人缓缓地开口说道：“是的，这个国家叫作无口之国，每个人都没有嘴巴。不只是人，鸟类、野兽和虫子没有一个可以发出自己的声音。我们能听到的只有雷声、雨声、冰霰、风声和水声——这都是因为这个国家的人以前太过健谈了。”

“哎呀……如果很健谈，又怎么会没了嘴巴呢？”

这描述实在太过离奇，感到不可思议的公主不禁瞪大了眼睛问。

年轻人则开始解释：“是这样的……以前，这个国家的人就很喜欢把自己的所见所闻讲给别人听，而讲得越好的人就越被称赞，所以大家都想讲些有趣的话，讲些让大家大吃一惊的话，结果大家渐渐开始吹牛，到最后说谎说得好的人就被当成是说话说得好的人，而整个国家到最后就成了一个骗子窟，没有一个国民在说真话。”

“哎呀呀……这样应该很麻烦吧？”

“是啊，大家都觉得很麻烦，因为没有人要把别人说的话当真。就在这时，这个国家和别的国家开始打仗，但无论谁说‘敌人攻来了’都没有人相信，所以也没有人备战。最后这个国家输得一败涂地，差点就亡国了。”

“这真是太惨了。后来怎么了？”公主担心地问道。

“我的祖先代代都是这个国家的国王，在这种情况下，当时的国王下了一道命令：再有人敢说一句话，就处死。无论是鸟兽还是昆虫，会发出声音的全都该死！”

“真是太可怕了！”

“这下整个国家不只没有人说谎，连声音都没有了。

但也因为这样，敌人来袭的声音和号令声在数里外就听得一清二楚。这时士兵们穿上铁甲，拿起短刀，默默地朝着王指着的方向列队前进，默默地斩杀敌人——这下子轮到敌人惨败，落荒而逃了。”

“哎呀……那真是太好了。”

公主听到这段故事，安了心。

年轻人继续说道：“在那之后，这个国家就没有一个人说话了。就算只是张开嘴巴，要是被官家的人远远发现，也会被当作是打算说话而丢了小命。到最后大家连开口吃东西都不敢了，要进食，也只能用鼻子喝些牛奶或是汤汁之类的东西。这样子几千年过下来，派不上用场的嘴巴就逐渐萎缩，到最后就像这样整个不见了。但真的整个不见，整张脸又看起来很奇怪，所以在这个国家，会在鼻子下方、以前嘴巴的位置画上赤红的嘴唇。”

“那你为什么有嘴巴呢？”

公主问道。而年轻人被这么一问，双颊通红，用悲伤的表情回答——此刻，王子的眼中已经噙满泪水：

“这个国家没有一个人有嘴巴，只有我有——这背后有个悲伤的故事。你知道山栀子这种花吗？”

王子抛出了一个问题。

“知道。就是那个会在晚上开花的大树，味道很香，花色纯白，在夜里也很抢眼。”公主答道。

王子点了点头：“山栀子树的名字也写作‘无口’[①]，所以一直以来这个国家的国民都很喜欢它。我的某位先祖陛下在整个国境内的大街小巷都种了这种花。这样无论夜晚有多黑，只要靠着白花和香气就不会迷路了。”

“我的母后以前就被叫作栀子公主，小时候也很喜欢这种‘无口花’，某个晚上，她一株株地闻着花香，竟就这样出了城，一直往西、一直往西，越走越远……”

“但离城堡越远，栀子花就越来越少，最后无论往哪个方向走都闻不到花香，也看不见白花了。就这样天亮了，我的母后成了一个迷路的孩子，到了一个未知的国度。”

① 日文中“山栀子”和“没有嘴巴”的发音皆为“KUCHINASHI”。

“哎呀……还真是跟我差不多呢……”公主不禁这么说，“那你的母后，也就是栀子公主之后又怎么了呢？”

王子依然用很悲伤的表情，继续说了下去：“栀子公主自然而然地进入那个国家，发现每个人都在乐呵呵地说着话，大吃一惊。栀子公主对他们在说话的样子，还有说的内容都很有兴趣，就这样走着走着，就把他们的话给学起来了。虽然自己也想要说些什么，但是没有嘴巴可以说。”

“接着她又看到，有人配合着旁边的人唱歌跳舞、吹奏音乐，她是多想开嗓高歌啊！但是她依然没有嘴巴可以那么做。”

“这时有很多小孩发现了她：‘呀！这女孩没嘴巴！’”

“他们一拥而上，最后还说着：‘是残障！是残障！没嘴巴！没嘴巴！’”

“他们边这么说着边对栀子公主丢着石头和木片，还对她拳打脚踢。”

“栀子公主对这个国家的人如此不讲道理感到十分震惊，于是拼命地逃。逃着逃着到了山中，小孩子们也一个、两个地减少，到最后就没人追她了。这时她刚好来到一个大池子旁——”

“栀子公主不经意地让池水照出她的脸，她赫然发现母亲帮她画的樱桃小嘴，不知何时已经消失了。”

“栀子公主，应该说无口公主就这样在池水旁看着自己的脸，哭了起来：‘啊，为什么我没有嘴巴呢？别国的人都有嘴巴，可以唱歌！啊……好想要嘴巴，好想要嘴巴……’”

“当她一个人流着泪时，突然栀子花的香气不知从何而来地探进了她的鼻子。”

“无口公主跟着那阵花香，终于成功地回到了自己的国家。而已经找了她一整夜的父母和家仆们也迎着她回了城堡。”

“但在那之后，只要无口公主看到那栀子花，就会开始流泪。当她闻到栀子花的花香，就会一脸悲戚地叹息：‘啊，要是没有这花，我就不会去别的国家，也不会遇到这么丢人现眼又咬牙切齿的事了……’”[1]

“当她一想到这里，她就对栀子花和那花香只剩下满心的怨恨。”

“‘啊，要是没这花该有多好！’她虽然这么想着，但这国家的山栀子还是不凋零。”

“等到无口公主长大成了王后，不知为何，从此整个国家的山栀子都不开花了。而就在大家都你看我、我看你，不知道这是怎么一回事的时候，王后生下了一位宛如白玉的小王子——那就是我。”

王子说道。

对多话公主而言，这段故事实在太过曲折离奇，所以她完全插不上话，只是专心盯着王子听他讲这段故事。此时，王子继续说了下去。

“奇妙的是，我生下来的时候就有嘴巴，而且听说当时还不停地哇哇大哭。没听过婴儿哭声的国民们听到这个

① 原文在这里的形容词是“恥ずかしい”和“口惜しい”，后者通常指可惜与不甘心。梦野特地在这里把“口”这个字拿出来用。

声音，还开始传说‘王城里面生了个怪物’，引起了一阵骚动呢。”

“哎呀，这还真是一群笨蛋。有嘴巴是这么理所当然！”

多话公主总算找到可以插话的地方了。

“但在这个国家，被这件事吓了一跳才是理所当然。父王要母后用针线把我的嘴缝起来，但我的母后本来就是慈悲且善感的女性，这命令她根本办不到。她只好把我的嘴巴塞满棉花后再包上绷带，装作一副针的缝口一直都好不了的样子。而只要父王出远门狩猎，留在城里的母后就会带我去地窖，帮我松开嘴上的绷带，用手按上我的嘴巴，教我各种东西的说法。到了十岁左右，我已经能够好好说话了。”

“你的母后真是有教学的天分呢！”

“但是某次我的说话训练却被父王发现了。父王只要去打猎的话，通常不过七天不会回来，但有一次似乎大丰收，猎物多到随从们根本搬不动，于是第三天他就回来了。但回到城里却发现我和母后都不在，他几乎把整座城都翻了过来，最后发现了在地窖里‘说话’的我和母后。”

“这下糟啦！”

“父王把母后痛骂了一顿后，立刻就要把我给杀了。”

“这父王真是太可怕了！”

“但是那时母后不停为我求情，总算是把我的命给救了下来，但代价就是我一辈子只能住在这座塔里，并用一只大蜘蛛把门封住，代替士兵看着入口。每天晚上会有人从网缝送食物和水进来，如果说话或是唱歌的话，那天晚上就得饿肚子！”

“真是太可怜了！”

“即使如此我还是忍耐着，一句话都不说。但刚好就在黄昏时，月亮从东边山头升起后不久，远方悬崖上，有一位少女从藤蔓上爬了下来……”

“哎呀……那时就是你救了我吗？”

“不，并不是我。但是我那时看到，觉得实在是险象环生。而刚好那时是我下楼取餐的时候，于是我请为我送饭的卫兵帮我请母后过来，而我也悄悄拜托母后搭救你。

又过了不久，你到了城堡，又遇到那么可怕的事，逃到这座塔下……”

“啊……所以让我免于被那只蜘蛛生吞活剥的人也是你了？”

“嗯，那只蜘蛛头脑不灵光，所以只把你卷起来藏进了塔里，然后我把你搬了上来，解开了蜘蛛丝。我的故事就到这里了。来，这次该你说你的故事了。”

“咦……该我说我的故事？”

“是的。你到底是怎么来到这个国家的？你又是哪个国家的什么人呢？”

多话公主被这么一问，反倒是羞得满脸通红了。但眼前的人是救命恩人，公主觉得不该隐瞒，所以开始把自己的遭遇娓娓道来。

——之所以自己被称作多话公主的理由……

——做了跟短刀与蜘蛛有关的梦……

——把这件事告诉两个侍女后，侍女说“那个梦是好兆头”……

——把这件事跟自己的父王和母后讲了之后，侍女却撒谎，说未曾听自己提过做了那种梦……

——结果父王十分恼火，把自己关进了石牢……

——然后在猫的引导下，到了云雀国和青蛙国，又因为自己多嘴所以相当惨烈，拼死拼活地逃来这个国家……

——接下来遇到了这里的国王和王后……在餐会上多嘴所以差点被杀……最后逃来了这座塔下……

多话公主逐次说着。

而听着的王子时而惊讶，时而点头同意，时而发笑，时而为之喜悦。最后他说："啊……真是有趣的故事呢！我从出生到现在第一次听到这么有趣的事情。而这也是我人生中第一次跟别人说话！不过，你说的这些事，我有一件事不明白。"

"是什么呢？"

"就是那两名侍女啊。你说你们国家的人虽然会说话，但不会说谎吧？"

"是的，没有人会说谎。"

"既然如此，为什么你的侍女们要说谎呢？既然听到你说短刀和蜘蛛的梦，为何又要说没听过，让你的父王火冒三丈还把你打入石牢呢？”

“是啊，我也觉得很奇怪。我那两位侍女一直忠心耿耿，从来没有做过任何一件坏事啊……”

“真是令人费解。”

“到底是怎么了呢……”

两人面面相觑。

就在此时，远处传来了一阵脚步声，然后是——

“呜呜呜！呜呜呜呜！”

呻吟声。

两人吓了一跳，他们立刻从登塔的梯子处往下望去：在那长长的梯子下方，那只大蜘蛛正和穿着白衣的女性拼搏着。凭借着窗外的月光，可以看见那名女性渐渐被蜘蛛丝给捆了起来。

“啊！那正是我的母后！可恶的蜘蛛！”

说时迟那时快，王子宛如脱弦之箭般地下了梯子。

多话公主定睛一看，落地的王子从怀中拔出短刀，利落地刺进了蜘蛛的双眼之间，一刀毙命。接着他立刻用短刀将蜘蛛丝切断，救出了他的母后。

多话公主安下心来，继续定睛看着楼下。王后在欢欣之际，紧紧地抱住了她的孩子，又松开了手，东比比、西比比，似乎是在用手势告诉王子：快点逃命！王子跪伏在地，行了个礼。

王后流着眼泪和王子告别，离开了铁塔。

多话公主本来打算尽快赶到王子身边，但城堡那头似乎突然喧嚣起来，从高塔上呼啸的风声间隙中，能听到很多人的脚步声。公主探头往外一看，不得了了！

成千上万的士兵手握短刀，朝这座塔的方向涌了过来。

多话公主看到这景象，不禁大叫："王子殿下！不得了啦！有好多士兵攻过来了！"

王子听到这句话后，立刻出塔查看。他又立刻回到塔内，把那左一段、右一段的梯子拆开、抛掉，他每登上一段后，就又推掉、扯掉一段梯子。等他回到塔顶房间时，梯子已经全部拆完了。

这时，如大浪般的士兵们已经到了塔下，但是没有梯子，无法登塔。于是他们只好围住铁塔，咻咻咻地开始射箭，但铁塔实在太高，高到箭矢在途中便无一例外地坠回地面。

王子看着这一幕，对已经吓到全身发抖的公主说道：“这些士兵都是从位于这个国家下风处的城镇来的，一定是因为我们刚刚说的内容传到了那些地方，大概是觉得塔顶上有会发出声音的怪物，才来要求国王处置我们——虽然父王和母后必定知道说话的是我和你，不是什么怪物……但在这个国家，说话的人就得被处死，所以母后趁着城里还在准备部队时来通知我们早点逃跑。她又没办法说话，所以想进塔，却又被蜘蛛给缠上了……”

“真是位好妈妈。”

多话公主不禁流泪。

“但已经太迟了，这座塔已被士兵们围得水泄不通。倒是，还有一个逃跑的方法可以用。”

“咦？还有逃跑的方法？”

“当然有。你刚刚从悬崖飞过来时用的降落伞还在你身上吧？”

“啊！在，当然在！”

“就用那个来飞吧。”

王子边这么说着，边打开铁塔的顶窗，朝着城堡的方向大喊道：“父王、母后，是儿不对，说了不该说的话，让你们操心了！我将与这位公主一起去别的国家，但我不会再多嘴了，纵使是我真的看到、真的听到的东西，我也不会说出来！请你们安心！那么，别了！”

王子边这么说着边跪拜在地，流着眼泪说出告别的字句。

多话公主也眼角噙泪，与王子一同向他的父母告别。

接着两人抓住降落伞的绳子，从塔顶往下一跳。

依靠降落伞，两人的身体轻飘飘地浮了起来，一阵强风把他们吹上了更高的天空。就在他们上升的途中却下雨了。

接下来，不得了了——突然，降落伞就像是纸糊的一般，开始不停地破裂四散。

互拥的两人流星般地往下坠落。

“哎呀！！救命！”

多话公主自然地大叫了起来。当她被自己的声音吓醒时，她发现她仍身在自家王城，她只是在石牢里睡着了。

公主都快搞不清楚哪边才是梦了。

由于刚刚这段“旅程”实在是太不可思议，公主站了起来，摸了摸石牢四周的墙壁，但石墙连个小洞都没有。她把手探向上方，确实立刻就摸得到天花板，但也没有任何像是可以用来逃狱的缝隙。

因为实在是太奇妙了，有点发愣的公主又坐回了石牢的地板上。

差不多就在下一个瞬间，光照了进来，她的父王带着两个士兵从外面打开了牢房入口处的门。

国王满面微笑：“多话公主啊，你的梦成真啦！以往太多嘴，导致没人想娶你，结果今天邻国的三王子——无口王子，突然来到我们国家，说想娶你进门，快准备一下去见人啦！”

国王边这么说着边带公主出了牢房，一回到城堡，便下令让两位侍女立刻帮公主盛装打扮一番。

两名侍女看到公主无事归来，眼中满是欣喜的眼泪，她们喜极而泣地帮公主梳妆打扮。接着，从两边牵起公主的手，带她到她父王和母后面前。

公主还没能反应过来这到底怎么一回事的时候，就看到了那名站在她父王与母后面前的无口王子。“咦？你是那个王子！”

公主不禁大叫出声。这位“无口王子”和方才自己在梦里见到的那名“无口国”的王子，简直就是同一个人。

而无口王子呢，看着多话公主微笑道：“想必你一定吓了一跳吧！我也觉得很不可思议！昨天晚上我做了一个很奇怪的梦，我梦到自己是无口国国王的独生子，但是不知为何生下来的时候就有嘴巴，所以也造成我的双亲十分困扰，之后还跟一个多话公主一起从铁塔逃了出来。那时候听那位多话公主说：她做了蜘蛛和短刀的梦，跟父母说了后，因为侍女们撒了谎，所以被打入石牢……我从梦中醒来后想了想，被称作多话公主的公主，也就只有你一个了。因为实在有点担心，于是立刻骑了马来到这座城堡。结果向国王与王后陛下确认后，发现我的梦是真的，你人真的在石牢里。于是我请他们放了你，因为你并没有说谎。”

听着这些话的多话公主，简直不知道哪边才是梦了。这时，国王说道："公主啊，你就是太多话了，所以才会说真话也被当作是假话，你以后就改名叫无音公主吧！以后就别再多嘴，说些不必要的话了。"

公主听到这段话，脸都红了："是我不好，我以后再也不乱多嘴了。"

公主道过歉后，国王接着又问两名侍女："所以，公主真的有跟你们说过短刀和蜘蛛的梦？"

两名侍女看了一下彼此，脸都红了。最后，她们答道："是的，公主确实说过。"

"你们为何说谎？"

被这样一问，两名侍女更是羞得满脸通红："只要做了蜘蛛和短刀的梦，就一定能迎来一个好老公，但是一直以来都说，如果被对方知道这件事的话就会告吹。我们为了让公主有个好丈夫，所以只能说谎了。"

国王与王后，还有无口王子和多话的无音公主都被两名侍女的忠心所打动。

不久后，在一场豪华的婚宴中，无口王子成了多话的无音公主的丈夫。

国王赐给了两名侍女丰厚的奖赏。

两名侍女到死为止，都忠心耿耿地侍奉着无口王子和无音公主。

梦野久作

天牛

桐树的青叶交叠成蝙蝠的颜色，其中的一两片叶子在那若有若无的晚风中翩翩飞舞。

当黄昏时分那有点晕开的星辰眨起它们的眼，所有的灵魂全都沉静下来了，整个世界都像是那半温不暖的恶魔吐息。

在那紫花泡桐的林场一角，从白昼时就有一只天牛攀在那粗枝的分歧处最低的一片叶荫下。而她在那恶魔的耳语之下，缓缓地开始摆动那长长的触角。

对天牛而言，摆动触角即为思考、即为眼观、即为听聪、即为嗅闻，是将全副感官合而为一的全生命。那蛋白色与釉黑相间，纤长抛物线般的触角，足以靠其自由自在的触觉接纳彷徨在宇宙之间那超时间、超空间的无限波动……那边接收着讯号边悠然地在桐树的叶荫下回转的天牛，正是那变幻莫测、敏锐又微小的活天线。

在那堆叠成蝙蝠色的桐叶彼方，那青草色半圆形的山荫地平线，宛如波西米亚玻璃色的探照灯光，比空气更轻盈且更寂寞，宛如水和玻璃一般，毫无目的地洒在空气之中。那只不经意地伸展着触角的天牛，感到大宇宙的神秘正在对他窸窸窣窣地低语着。

在那山的彼端、大海的彼端、大陆的彼端、星座的彼端，还有那更遥远的彼端，那大地的半圆球后方数千里的广大土地上，似乎正好接近日正当中。而在那焦灼又满是沙尘的空中，那数千年前残余的乙太正在灵动，逆行于牛顿的引力。它行至那超越爱因斯坦的量子论可观测之虚空又碰撞而返，变成极其纤细繁复的超短波宇宙射线又归来。那灵动宛如萤火虫的光芒——天牛的触角，则接收着这有些稚嫩、有些寂寞的波长。

那是尼罗河河底的冥府法庭——这个从无垠宇宙回归的旋律，与那距今一千九百六十五年前，身为书记的托特神用他那神秘又稍有沙哑的声调朗诵的内容，竟无一点差池。

天牛攀附在青桐的树干上，而她的触角突然伸成了直线，以肉眼无可追踪的速度开始细微地震动……晃晃晃……晃晃晃……晃晃晃晃晃晃晃晃晃晃晃晃晃晃晃晃

晃晃晃晃晃晃晃……

埃及王朝下　治世亦繁盛
美丽又出众　克娄巴特拉[①]
吾国之女王　愁眉已深锁

见那诸国度　愁云惨雾中
见那百姓们　无人不悲伤
朝起献祭拜　此身虽肃敬
夜晚深宫内　灯火亦寂寥
深闺独一人　艳后寝台上
吾国之女王　辗转又反侧
窃窃亦悄悄　唯闻她叹息

吾身非她人　纤美女王也
埃及王朝下　治世正繁盛

① 即Cleopatra Ⅶ，埃及艳后。

众神祇护佑　灵能亦显赫
凡为吾所思　无一不完成
凡为吾所愿　无一不实现
此生所欲者　无一不足够
仅有那一物　实无法满足
就因吾所知　世上有生者
无一人能避　有何人能避
迷糊又懵懂　忧郁又暗沉

见那天与地　老旧又污浊
此世上众生　大汗身淋漓
一日醒觉来　一日又睡去
最终归尘土　腐败又化去
每日唯同日　每夜唯同月
悲物又寂寥　渡彼苍穹空

吾身亦如是　徒然度岁月
春过秋亦过　年华终凋零

呜呼此一身　虚幻又不定
埃及诸王朝　知彼荣与衰
众神祇护佑　庇佑虽甚笃
辽阔又无边　山川与大河
有何可心动　有何可聊赖
此身终将老　而寻无一物
可为心慰藉　可悲可叹哉

女王暗垂泪　润湿高枕上
东空渐露白　黎明将到来

正在此时分　稀有缘分起
吾国之女王　发出其贵声
呵呵哈哈哈　嬉笑于闺内

吾国之女王　深闺帷幕内
不知何而来　或是迷途来
一只小天牛　探进闺房内

女王一伸手　天牛上手心
女王心大悦　一时兴致起
女王掬秀发　赐予小天牛
女王发润美　千金不可得
天牛啄发丝　天牛吞发丝
女王心大悦　呵呵笑语曰

可悦可喜哉　眼前小天牛
可爱可玩哉　眼前小天牛
兴致终不衰　切发亦不厌

吾发秀且美　正似晨光中
涡卷又飘逸　流畅乌黑云
剪切喂尽之　一根亦不留
剪切喂尽之　有如和尚头

埃及王朝下　治世之女王
无畏此身尊　眼前小天牛

此勇当令汝　王于昆虫界
青蓝奕奕光　眼前小天牛
美丽又脱俗　眼前小天牛

吾一旦逝去　愿汝速惯之
眼前小天牛　汝身乃一虫
愿汝此一生　恋爱永无尽
愿汝此一生　产卵永无尽
直到彼黑云　大空亦无极
只要白浪涛　仍在岸边息
匍匐亦前进　且爬且飞行
阴影黑暗中　多有你身形
世上众女子　秀发长又长
开汝天牛口　皆尽吞咽毕
青空无穷极　广大盖四方
黑土铺大地　绵绵无垠处
人类灵长者　游荡又生息
天牛之小口　若仍接吻人

看那和尚头　美丽又脱俗
千秋又万代　使之永流行
可悦可喜哉　可爱可玩哉
可爱小天牛　可爱小天牛
嘻嘻嘻呵呵　哈哈哈哈哈

吾国之女王　笑声渐爽朗
心底惨雾散　脸上愁眉开
召开大筵席　两袖舞清然
女王双臂下　涡卷黑毛发
拔起一根根　一根根拔起
赐给小天牛　恩宠爱无尽

命定时已届　女王将逝去
灵约已如上　愿你遵不违
女王灵柩中　一角四方隅
眼前小天牛　亦成木乃伊
伴女王身边　纳于灵柩中

吾国女王之　可爱小天牛

若将有再生　且望来世长

看那和尚头　美丽又脱俗

千秋又万代　使之永流行

后世子民者　拜伏并恭听

纳吾国女王　木乃伊之处

崇高灵柩中　一角四方隅

食吾国女王　乌黑长秀发

眼前小天牛　此刻正应啼

此声渡千年　此声为神秘

叽喳叽喳……叽喳叽喳……

叽叽叽叽叽叽叽叽叽……

“叽、叽！叽叽叽叽叽！”

那只栖居桐树叶荫的天牛不禁也叫了出来，而就因这一声，她跟那正在灵动的乙太便断了联系。

但即使如此，这只年轻的天牛还是因为深刻的感动而全身颤抖着。

唯一可惜的是，她到底是不是那位两千年前的埃及艳后投胎转世的呢？还是那只悄悄被放在艳后灵柩里的天牛，未被鳄河马亚麻姆吞吃，也未遭太阳神欧西里斯斥责[①]，在两千年后的今日，借由轮回转生的律理，再度拥有自己的呼吸。到底真相为何，这只小天牛完全无法推测。但是她立刻就发现无论真相如何，那些都已是旁枝末节。她的心情更好了："是啊，妾身接下来该做的，就是去寻找爱情，然后产下很多很多的卵，让可爱的孩子们散播到世界上去，开心地把所有女人的头发全都吃光光，让她们全都跟尼姑一样！"

但是她并不知道什么叫作爱情。爱情这玩意究竟是什

---

① 此处的埃及神话，指的是转世的审判内容。亚麻姆（Ammut）比较常见的名字是Ammit，是古埃及神话中一头拥有鳄鱼头，狮子上身及河马下身的生物。死神会将死人的心脏与正义女神的羽毛放在天秤上。心脏若较重，代表该人曾做了坏事。死神会将他交给阿米特吞下，被吞下的人将永远不得安息。太阳神欧西里斯为冥府、农业与文明神，其神性与权能完全与太阳无关。放置于此，不确定是否为梦野的杜撰，或是故意引用，抑或单纯的错写。

么，又究竟长什么样子呢？她边这么想着，边窸窸窣窣地爬到了桐树叶子上朝四周张望。

紫花泡桐的林场在薄暮时分闪烁的金星下青青翠翠，而那交错纵横的树枝、叶片与树干再过去便有一条白白的国道横过。在国道的另一边，那些等间隔排列的杨树间，有一个不知是什么但非常美丽的东西在发光。

那是个笔墨难以形容，非常温和又有光泽的淡粉色绢灯。

“哎呀，这光芒真是太神秘了。妾身想起来了，用虫血染色的草纸灯笼……尼罗河河畔宫殿的灯火……妾身的爱情，一定就在那里。”

她张开了她那左右叠着的翅膀，生下来第一次张开的翅膀就在暗下来的黄昏中缓缓地张开。当风带着那令人烦厌的湿气渗入自己翅膀的内侧时，她便已经飞过那带一点夜蓝的黄昏，飞向遥远彼方的粉红色光辉。

“啊，爸爸……有只天牛！”

“什么？天牛？”

“是啊，爸爸你说今晚想抓些别的虫，所以把诱蛾灯挂上了红色的绢布，不是吗？结果蝴蝶没来半只，反倒是天牛来啦……”

“这还真有趣。搞不好甲虫就是喜欢红色呢。”

“哎呀？这只天牛看起来跟普通的真是不一样呢，反倒是之前爸爸你在大学给我看的那只化石天牛跟她比较像。你看，她的身体像是个葫芦，触角又这么长，而且还这么漂亮！蛋白色和黑天鹅绒色交织着，看看这边……”

“嗯嗯，确实，这还真少见！虽然跟三年前的图坦卡蒙墓挖出来的真正的木乃伊天牛颜色有点差距，但是想必这才是真正的颜色吧！本以为他们已经绝种了，没想到居然会在这个地方出现，真是神奇。”

“搞不好是从木乃伊的棺材中复活了，还从埃及飞过来的呢。”

“啊哈哈哈，搞不好真是这样呢，总之先把她做成标本吧，然后还要跟学界报告一下。”

当这只天牛被夹起来，接着要放进满是氰化氢[①]的

---

① 原文作“青酸瓦斯”，就是那个带有杏仁味的氢氰酸。

玻璃壶内时，她不停挥动着她的手足与触角发出她的悲鸣——悲鸣中带着千古最后的神秘：“叽喳叽喳叽喳叽喳。依叽依叽依叽依叽。叽叽叽叽叽叽。嗨哈哈嗨……嗨哈嗨哈哈哈哈哈哈哈……”

点心大舞会

梦野久作

有个名为五郎的孩子，非常喜欢吃点心。他每天总是不吃饭，净吃些甜点。他的爸妈看到这个状况，每天担心得不得了，所以想尽办法不让他吃点心。某天，他们决定让家里连一粒糖都不剩——连砂糖都藏了起来。无论五郎怎么哭闹，他的爸妈都不给他点心。

五郎为了点心，哭得死去活来，但爸妈只是一直责骂他。最后五郎整个人气鼓鼓地，连饭都没吃就睡了。

隔天虽然学校放假，但五郎的气还没消，干脆就把早饭给省了。

他的爸妈为了惩罚他，干脆就把他的那份给收了。父亲有事离开家里，母亲则去添购家用。

被留在家里的五郎，想着：“啊，肚子好饿，真想要糖果点心！”

正当他流着眼泪、默默躺在床上时，玄关传来了声音：“送信……”

一阵人声，然后还有某个东西被抛出来的声音。五郎自然大声地回答："来了！"

他奔出家门收了投递到他家的东西：那是个四角形的箱子，用油纸包着，正面写着"给五郎先生"，而反面写着哥哥和嫂子的名字。

五郎立刻从砚箱[①]的抽屉里拿出印章，让邮差先生帮忙盖章之后，收下了这个包裹。五郎用鼻子嗅了嗅这个箱子，里面传来好甜好甜的味道！

感觉快要飞上天的五郎立刻就拿来剪刀拆开了包裹，果然是一盒点心，而且还是西洋点心！硬糖、薄荷糖、牛奶糖、巧克力、威化饼、小松饼、甜甜圈、海绵蛋糕、瑞士卷、夹心糖……其他还有很多、很多。

接下来，五郎一阵狼吞虎咽，吃光了所有糖果，连箱子都舔过一轮后，就把空箱子、包装纸和绳子丢到了家后面的垃圾堆里。回房间的途中还在厨房牛饮了茶水。接着装得一副没事人的样子缩回了被窝。

"哎呀，五郎居然还在睡！这孩子也太倔强了吧！算

---

① 放砚台和各种文具的箱子。

了，肚子饿了就会起来的。”

母亲回来了，她自言自语地经过了五郎的房间，去了厨房。听着这番话，武郎不禁在被窝里笑了出来，但他之后还是睡着了。

但就在睡眠中，他突然感到极大的痛苦，于是他睁开他的眼睛——大概是太阳下山了，附近一片漆黑，什么都看不见。但他发现，他刚刚吃掉的甜点们各自穿着赤红、青蓝、深紫、黄色以及金、银色的衣物，男男女女，像是一群演员般地聚集在他眼前。

“还真是没见过这么多甜点在一个地方碰头呢！”

宛如一位大小姐的牛奶糖说了。

“是啊，是啊！而且五郎小弟的胃大得夸张，很舒适呢！”

小丑般的硬糖这么说了，而黑人般的巧克力站了起来：“来跳个庆贺之舞吧！”

威化饼小姐听到这句话，表示：“好！真是不错！”

“万岁万岁！赞成赞成！”

甜点们全部都站了起来举起手。而此时五郎的肚子发出一阵尖锐的疼痛。

“啊，好痛好痛！”

五郎不禁叫出声来。

“哎呀，他在叫痛呢！”

另外一位硬糖小姐脸上满是担心的神色，但兔子样的松饼笑道：“啊哈哈哈。这是他自己不好，怪不得别人，五郎你就再忍耐下！来来，跳舞！”

兔子松饼边这么说着，大家边开始跳舞。

夹心糖敲着太鼓，瑞士卷弹着钢琴，威化饼小姐则开始唱歌。穿着五色衣装的矮人——薄荷糖们站在前头，接着是牛奶糖小姐、兔子松饼、硬糖小丑、巧克力黑人和高壮男人般的甜甜圈，还有很多很多的点心们开始组成了一支游行队伍，而海绵蛋糕小姐则不停地拍着手，跟在后头。

当甜点们全部都集中在一个地方绕成一圈后，他们喊出“一、二、三”，一起跳了起来。

蓬蓬松松，巧克力！

蓬蓬松松，瑞士卷！

薄荷糖、松饼、牛奶糖、威化饼！

甜甜圈、海绵蛋糕、夹心夹心糖！

太鼓的声音嘣呀嘣[1]

钢琴的声音卷呀卷[2]

与威化饼一起唱歌

硬糖硬糖跳起舞来

松饼松饼一起乐乐

牛奶糖小姐笑起来

巧克力先生舞步怪

海绵蛋糕飞得高高

接着轮到五郎肚子

闵滋闵滋地痛起来[3]

① 夹心糖的原文就是“ボンボン”（bon-bon），双关语。

② “卷啊卷”的原文是“ローリング”。考虑到梦野的时代，应为钢琴录音卷（Piano Roll）与瑞士卷的双关。

③ “ミンツミンツ”（音近“闵滋闵滋”）本来是指薄荷糖（Mint），但此处用来双关腹绞痛的拟态语。

五郎已经快痛死了。

“啊，好痛、好痛！求你们放过我，啊！救命！爸爸！妈妈！”

他这么喊道。

“哎呀，五郎怎么了？做噩梦叫成这样？”

妈妈摇醒了他，而五郎回过神来，不过才刚过中午，家里还一片光亮。

“妈妈，我肚子里面有糖果在跳舞！啊，好痛！饶了我，我不会再吃糖果点心了！啊啊啊！好痛、好痛，妈妈救命！”

五郎满身是汗，痛得不停打滚。

母亲吓坏了，急忙出门请医生来家里问诊，问到最后，发现果然是糖果点心吃太多了。医生露出了可怕的表情，说道：“以后别再吃糖果点心了。”

然后，医生留下了苦到不行的药，告辞了。

五郎病好了之后，对那些糖果点心倒尽了胃口。

梦野久作

奇妙的望远镜

在某个地方，有三个兄弟，分别叫作亚阿、萨阿和莉依。

在三兄弟中，莉依是最乖巧的孩子，但是他在小时候患了眼疾，只有一只眼能看见东西，所以常常被两位哥哥取笑说是独眼龙。

莉依出门玩耍的时候，其他小孩也会嘲笑他只有一只眼睛，所以他多半是自己一个人玩。最让人感到佩服的是，无论别人怎么嘲笑他，他都不会生气。

某天，爸妈带着三兄弟到山那头的城镇去参加祭典。爸爸说："今天就给你们三个每个人都买一个玩具，想买什么？说说看吧！"

亚阿说："想要打什么都会中的枪！"

萨阿说："想要可以切断任何东西的刀子！"

而莉依说："想要可以看到任何东西的望远镜！"

听完了孩子们的愿望后，父母二人都笑了出来："你们要的东西全都太难了，不行！亚阿和萨阿居然还想要刀和枪什么的，总要些危险的东西。你们看看莉依，又小又温柔，想要的东西还一点都不危险，要跟他多学学！”

爸妈把两个哥哥训了一顿后，结果什么都没买，只是看了祭典就回家了。

亚阿和萨阿两个人咬牙切齿，他们偷偷讨论今天晚上要欺负莉依泄愤，这件事也被莉依听得一清二楚。

那天晚上，兄弟三人向爸妈说：“爸妈，我们先睡了。”

接着回到有点距离的孩子们的房间之后，亚阿和萨阿就从床上爬起来，抓住莉依并把他抛出了窗外，接着就把他锁在外头，回床上睡了。莉依知道这一切，但只是默不吭声地任兄长们如此对待他。

莉依就这样面对窗外的草原呆呆站着，正当他流着眼泪，向东方看过去的时候，远处的草山突然亮了起来，那黄色的大月亮缓缓地爬上了山岭。

莉依是第一次看到这么大的月亮，这让他吃惊到根本忘了哭泣。而就在这时，他的背后响起了一个沙哑的声音：“莉依啊、莉依啊！”

莉依太专心看月亮，以至于背后这个突然出现的声音把他吓了一跳。他转过身去，发现有一个白发老婆婆——她站在那里，头戴三角长帽，身穿三角长外套，脸色发青，眼瞳赤红。

老婆婆挂着满面微笑，从外套里拿出一根小小的黑色棍棒交给了莉依，接着在他耳旁用她那沙哑的声音唱道：

“莉依、莉依、莉依、
独眼的莉依，
用你的眼睛，看着望远镜，
屏住呼吸，念出‘阿姆’，
你就能看到喜欢的地方！

莉依、莉依、莉依、
独眼的莉依，
用你的眼睛，看着望远镜，
你若看着你喜欢的地方，
屏住呼吸，念出‘玛姆’，

你就能去到，任何地方！

阿姆、麻姆、姆喵姆喵……”

话音刚落，老婆婆的身影就化入了屋里黑暗的阴影中，消失了。

这一切都来得太过突然，当莉依回过神时，发现自己手中确实握着一根黑色的棒子。

他感到这一切有点太不寻常了，于是急忙想把棒子还给老婆婆。当他走到老婆婆刚刚消失的那个阴影处，却发现那里只有一块平整的墙壁，毫无人迹，自然也无从得知老婆婆去了哪。

不知如何是好的莉依，决定照老婆婆说的做做看。他将黑色棒子的另一端指向月亮，靠近自己的这边则靠在自己眼睛上，照着刚刚的口诀，试着念道：

“阿姆。”

接下来出现的景象，让他差点把棒子掉在了地上——莉依的眼前，出现了月亮世界。

在那一片洁白，仿佛冰雪般的土地上，长着如水晶般澄澈透明的山，以及如翡翠般美丽的海洋。草木都是银色，上面长着黄金的果实，美得令人目眩。而在那之中，有一栋高大的金刚石宫殿，里面有位美丽的公主——正如龙宫传奇里的乙姬般美丽的她，正在看着这边，朝这边招着手！

莉依突然很想去那边看看，于是他照着口诀，屏住呼吸："玛姆！"

莉依念出这个魔法咒语后，望远镜彼端的月面世界开始渐渐靠了过来。

那些宝石身体、金银翅膀的虫鸟们，以及笔墨难以形容的美丽月宫、美丽的公主带着大量鸟兽前来迎接的动作……这些东西，在望远镜里，都正向自己靠近。

莉依觉得这实在是太奇怪了，于是把望远镜拿开——不拿开还好！

不知何时他已经站在月亮世界的白砂上，本来自己所处的人间，只在对面的水晶上映出一个盆子大小的影子，发出紫色的曼妙光芒。

一切的一切都太超出常理，吓呆的莉依僵住了。这时，那位美丽的公主走到了他面前："欢迎您，莉依先生。我是月亮世界的主人，名叫月姬，已经在这里恭候您多时了。还请您悠游此地，不用劳心。"

月姬边说边牵起莉依的手，带他进了月宫，呈上了山珍海味。

然而，莉依一点也没有想要享用的样子，毕竟他瞒着爸妈和哥哥们跑来月亮世界，这让莉依担心到不能再担心了。于是他拿起望远镜，朝着水晶山上那人类世界一望，静气凝神地说出："阿姆！"

而后，他眼前出现的光景又更不可思议了。

他首先看到的是，刚刚那位魔法老婆婆出现在大哥亚阿、二哥萨阿的床铺旁，分别给了他们打什么都会中的枪，还有可以斩断一切东西的刀。

两位哥哥拿到了自己想要的东西后，立刻就从床上跳了起来，前往国王的城堡要求国王收他们为家臣。

国王看着两人手上的秘宝感到非常开心，于是立刻就收了他们为自己的臣下。不久，这个国家和邻国的战争开打了。亚阿和萨阿两个人冲在前锋——亚阿抬起火枪，一发击倒了还在山丘彼方的敌军元帅，而萨阿则是拔出那把刀，任何冲上来的敌兵全都被他连人带盔甲地斩开、劈开、剁开。一败涂地的敌军立刻就逃走了。

为了犒赏两位大英雄，国王将自己的国家切成了两半，一半给了亚阿，并嫁了长公主给他；剩下的一半给了萨阿，并把二公主嫁给了他。两人于是都成了国王，每隔半个月便轮番把爸爸和妈妈接到自己的王城，炫耀自己的财富。

以上这些，对莉依来讲实在是太目不暇接了。虽然看得就快要晕头转向，不过至少这样他就安心了，于是当他把望远镜拿开时，发现月姬就在旁边微笑：

“您在看人类的世界吗？”

月姬问道，而莉依默默地点头。月姬脸上依然是那副微笑：“想必，您应该是因为时间过得太快而吓了一跳吧？”

“是的。这才刚黎明呢，就黄昏了；才刚三更半夜呢，太阳就升起来了，是怎么一回事呢？”莉依不可思议地问道。

“是这样的，”月姬回答，“月世界的一日，是人类世界的五万天。所以从月世界看来，人类世界发生的事情会转变得非常非常快。从您拿起望远镜到现在，大概已经过了三年了吧。”

“三、三年……”

莉依又吓了一跳。大概爸妈已经忘了自己吧！不过，两名哥哥看来十分孝敬爸妈，爸妈也很开心，那就没有什么好担心的了。

于是他进了月宫，跟月姬坐在一起，开始享用那些呈上来的珍馐美馔。除了美味至极的餐点之外，歌唱的鸟儿、奏乐的昆虫、野兽的舞蹈……这些演出，都如此有趣。莉依觉得，月亮世界真是个好地方。

这时莉依又想起家里的事了。

自己在这边享乐，不过家里的人怎么样了呢？当他这么想着，又拿起望远镜朝人类世界望去，这次可不得了啦！

当莉依这次从望远镜看向人类世界时，已经又过了三十年。莉依的爸妈，还有两位兄嫂的父王都已经过世了。这时亚阿和萨阿都已经蓄了胡子，大有王者之风。

大哥也就是亚阿王写了一封信，要人送过去给弟弟萨阿王。

信上面是这么写的：

“你和我各分了这个国家的一半，但是既然我是你哥哥，那么你把领土交出来，当我的家臣也是很合情合理的。现在就交出来的话，就封你为我的第一家臣。但是如果你拒绝，我就用这把打什么都会命中的枪取你小命！”

看到这封信，萨阿气得七窍生烟：“纵使你是我哥，要把这半份国土给取走也未免太乱来了。这种哥哥的话不听也罢。要是我穿着铁甲，看你还打不打得穿！要国土可以，开战吧！”

萨阿王立刻要家臣们备战。

亚阿王听到这个消息更是怒发冲冠：“可恨的萨阿王！不听大哥的话还想开战，简直是没天理啦。我们这边也准备上战场，一定要把他们打个落花流水！”

亚阿王也开始征招他的军队。

两位王妃本来就是姐妹，此刻简直担心到不能再担心了。她们想尽办法阻止两国继续筹备这场战争，但两名国王根本听不进去她们的话。

到了这地步，两位王妃也只能抱头痛哭。

在月亮世界看着这幅景象的莉依，向月姬说道："我得去阻止这场战争，还要让两个哥哥一辈子都不再打仗。"

月姬听到这句话后，说："还真是得快点阻止才行呢，两位兄嫂真是太可怜了！不过，您要怎么阻止这场大战呢？"

月姬一脸不可思议的样子，瞪大了眼。

莉依则笑了笑，说道："你就看着吧！"

边说着，莉依又拿起了望远镜开始观看。

他想，大哥那把火枪在哪里呢？念出："阿姆！"

亚阿王城堡的宝物库立刻就出现在望远镜的镜头里。

宝物库外有强劲的士兵驻守，宝物库的深处有一个巨大的铁宝箱，里面就装着那把威风堂堂的火枪。

莉依发现了火枪的位置后，喜出望外地念道："玛姆！"

下一秒，他人就出现在宝物库里的那个铁宝箱前了。莉依开了箱子，将那把火枪扛上了肩膀。

接下来他又朝着萨阿王的王城举起了望远镜，寻找那把宝刀的位置。

“阿姆。”

果然，宝刀也被好好地收藏在王城的宝物库里。

“玛姆！”

莉依说道，他立刻到了那座宝物库，把宝刀取走，绑在腰上。

接着，他用望远镜飞到了亚阿王和萨阿王两国国境最高山的山顶，坐在一块大石头上，开始用望远镜窥探两个哥哥的王城。

两个哥哥当然是完全被蒙在鼓里，当他们好不容易召集好军队，终于要出兵打仗时，才叫来家臣：

“把那把火枪拿来！”

“把那把大刀拿来！”

家臣们到了宝物库，开了箱才发现东西不翼而飞了。他们满面铁青，惶恐地回报：

“大王，您的那把宝贝火枪不见了。”

“大王，您的那把宝贝大刀不见了。”

这下两个国王的脸也铁青了。他们奔到了各自的宝物库后，发现明明宝物库的锁和巡逻兵都还好好的，但箱子里空空如也。不过，原本放着火枪还有宝刀的地方，都有张纸片：

“你们的宝物，莉依取走了。莉依在国境的那座高山上面等你们。”

两名哥哥岂能不火冒三丈：

“看来弟弟这下是成了神偷啦！把那座高山围起来！抓住他，把宝物抢回来！”

两国的军队把这座山包了个水泄不通，并且开始攻顶。

但光是要爬到这座山的山顶，太阳就已经下山了。两名哥哥本来还担心莉依会不会趁着夜幕降临逃走，但当东方升起了那又大又圆的月亮时，月光照亮了整座山的山路——在那山顶的高岩上，莉依不可思议地，还是小孩子的样子，拿着火枪和那把大刀。

两个哥哥——亚阿王和萨阿王看到这幅景象，说道：

“用弓射死他！”

“用刀砍死他！”

双方的军队照着国王的命令，一口气冲到了高高的岩石下。

莉依看着攻过来的士兵，只是笑了笑，右手举起大刀，左手举起火枪：

“大家安静点，要是发出一点声响，这把刀和这把枪就会把你们全部杀光！”

看到莉依手上的宝物，刚刚还杀气腾腾的士兵立刻开始溃散，逃到最后，只剩下亚阿王和萨阿王还在原地了。

莉依从高高的岩石上说道：“两个哥哥，听我说，你们为什么那么容易吵架呢？”

在大岩旁边的两个哥哥被弟弟这样一训，你看我，我看你，都红了脸。

莉依又说了下去：“你们能有今天的地位，都靠这把枪和这把刀。但是你们吵得这么凶的原因，也是这把枪和这把刀。所以看来如果你们两个和好，这把枪和这把刀就是不需要的东西了。所以，我要带走它们。”

莉依说完后，立刻向着东方，举起了他的望远镜对着月亮：

“阿姆！”

“玛姆！”

莉依一起把这两个咒文念完后，他的脚就缓缓地飘了起来，他扛着那把枪和那把刀，飞向了月亮世界。

在月亮世界，月姬正在等着莉依回来：“欢迎您回来。”

月姬迎出宫门，却发现莉依不知何时两眼都已经睁开了。这让她吓了一跳：

“哎呀！您的两眼都是睁开的呢！”

莉依听到这句话，这才发现自己另一只眼睛恢复了视力：“啊呀？真的耶，真是太神奇了。大概是因为平常都自己玩，这次让哥哥们言归于好，所以神明给我奖励了！”

“大概真的是这样吧。恭喜您了，来庆祝一下，玩一玩吧！”

月姬和莉依都很开心，于是开始玩耍。

这时，被留在山上的两个哥哥看到莉依整个人飞向月亮，已经吓得抱在一起了。他们互相约定道：“莉依已经成了神啦！他一定在月亮世界一直看着我们，要是哪天我们做了坏事，铁定会有子弹飞过来，大刀砍下来！我们还是言归于好吧！”

两个国王各自回了自己的王城，之后也真的言归于好了。

大家在做坏事的时候，或许莉依也正从月亮世界用望远镜看着你们呢！

芥川龙之介

魔术

那是在某个下着冬雨的夜晚，我搭着的那台人力车在大森那区的险坡上下数回之后，终于在那栋被竹林所包覆的小洋馆前，让那两根被车夫拉着的棍棒着了地。车夫用他手上的提灯打了光：在那灰色油漆斑驳剥落、显得相当狭窄的玄关上，只有一枚濑户陶烧的门牌是全新的。上面用日语写着：印度人玛帝拉姆·米斯拉。

到了现在，大概已经没几个人听过玛帝拉姆·米斯拉这个名字了。米斯拉先生生于加尔各答，是一位长期主张印度独立的爱国人士，并曾师事一位名叫哈桑·甘的婆罗门，现在已是一名身具秘法的年轻魔术大师。我恰在差不多一个月前，通过朋友的介绍结识了这位米斯拉先生。虽然我们讨论了很多政治与经济上的问题，但每当他施展魔术，我总是不巧地未能有幸一睹。今晚拜访前，我特地先寄了信，希望他表演魔术给我看，这才急急忙忙地搭人力车前往米斯拉先生的住所——人迹寥落的大森町外。

雨淋在我身上，借着车夫手中提灯那摇曳不定的灯光，我按下了那门牌下方的电铃。没过多久，门户一开，那矮小的身影——照顾米斯拉先生的日本老太太，便探出了玄关。

“米斯拉先生在吗？”

“他一直在等您光临呢。”

老婆婆亲切地说道，立刻领我到了玄关底端米斯拉先生的房间。

“今晚下这样的雨，还真是劳驾了。”

米斯拉先生有着大大的黑瞳和柔软的胡子。他边捻着桌上那盏石油灯的灯芯，边有朝气地向我打招呼。

“好说，能看到您的魔术，这点小雨不算什么。”

我在椅子上坐下，借着那稍嫌昏暗的灯光环视这个有点阴森的房间。

米斯拉先生的房间是一间朴素的西式房间，正中央摆着一张桌子，墙边有一个简单的书架，窗前还有一张书桌，剩下的就只有我们坐着的椅子了。无论是椅子还是桌子都有点老旧，就是那张边缘绣着赤红花的豪华桌巾，现在也多处磨损，线头都露出来了。

我们寒暄了一阵后，又听了一下屋外竹林的雨声。不久，老太太带着红茶用的茶具进了房间，米斯拉则打开了雪茄盒的盖子。

“来一根？”他劝着烟。

“谢了。”

我毫不犹豫地拿了一根雪茄，用火柴点上，“我记得您所使唤的精灵，叫作‘镇尼’吧？我接下来要看的魔术，也是借他的力量吗？”

米斯拉为自己的雪茄点上火后，边露着笑边吞吐着那香味极佳的烟雾。“人们相信‘镇尼’这种精灵存在，已经是几百年前——差不多是《天方夜谭》时代的事情了。我从哈桑·甘那儿学来的魔术，您若想学，也不难掌握。毕竟，它只是一门进步的催眠术罢了。请看，只要手这样比画——”

米斯拉先生举起了手，在我的眼前比出了两三次三角形般的模样后，将他的手放到了桌上，并掬起了那绣在桌巾上的红花！我吓了一跳，不自觉地拉近了椅子盯着那朵花。它直到刚刚为止，都不过只是一个图样，但当米斯拉先生把它凑到我眼前时，它却散发出了麝香般的浓厚气味。而正当我因这景象而感叹时，米斯拉先生依然微笑着，将那朵花随意地扔回了桌巾上。回到桌巾上的花又成了一朵绣花，不用说掬起它，想要动一动那花瓣都不可得之。

“如何？很简单吧？那，这次请看看这盏灯吧。”米斯拉先生边说着，边把桌上的油灯重新放好。在那一瞬间，不知怎的，油灯竟像是个陀螺般开始旋转！它以灯罩为轴心，迅速地在原地转了起来。刚开始我整个人都吓坏了，无数次捏着冷汗：要是打翻失火，那可不得了啦！但米斯拉先生却只是沉稳地喝着他的红茶，一点都不着急。看着他这模样，最后我的胆子也大了起来，开始注视起那逐渐加速的油灯。

就在那灯罩边刮起一阵风边旋转时，那黄色的灯焰却丝毫不为所动地燃着，这还真是个美丽又不可思议的光景！灯罩的转速又再度上升，上升到那玻璃澄澈到一个让人误以为其实它没在转动的时候，不知何时，它已经好端端地立在那张桌子上，好似它本来就未曾歪斜似的。

“您惊讶吗？这种大概是骗骗小孩子的程度。如果您还有兴趣，就请您看看这个吧。”

米斯拉先生向他后方墙壁上的书架一望，向它伸出了手，像是在招呼它前来一般地动着手指。书架上的书本们一本一本地开始移动，竟朝着桌子飞了过来。那从书皮张开两翼的飞法，恰似夏天傍晚翱翔在空中的蝙蝠一般。而我呢，只能叼着雪茄愣愣地看着这一切。书本们在微暗的油灯光芒中自由地翩翩飞舞，最后在桌子上排成了金字塔的形状，而正当我以为全部的书都飞到桌子上的下一瞬间，第一本飞出来的书又动了，就这样带着其他的书依次飞回了原位！

最有趣的就是其中一本平装书了：它也跟其他的书一样张开书皮，飞上了空中，但它在桌子上绕着圈，抖动了一下它的书页，便“降落”到了我的大腿上。当我不解地拿起它翻看，才想起这本崭新的法国小说，正是我在约莫一个礼拜前才借给米斯拉先生的那本。

“这本书很棒，谢谢您。”

米斯拉先生用带着笑意的声音向我道谢。当然，这时书本们已经回到壁上的书架上了。我像是大梦初醒一般一时失语，但又想起米斯拉先生刚才说的“我的魔术，您若想学，也不难掌握”，接着说道：“一直以来就有耳闻您的魔术相当引人入胜，但实在是百闻不如一见，真没想到是如此不可思议！像我这样的普通人也能用这样的魔术，您真的不是在开玩笑吗？”

“当然能。任何人都能！只是——”米斯拉先生说到这儿，注视着我的脸，然后用相当认真的口气说道，“心里有欲望的人就不行了。若要学哈桑·甘的魔术，就得先摒弃欲望，这您办得到吗？”

“我想是可以的！”

我虽然如此回答，但心底还是有些不安，于是又加了一句：“只要您愿意教我的话。”

米斯拉虽然用怀疑的眼神朝这边看了过来，但大概是觉得再说下去显得失礼，便大方地点了点头：“那么就传授魔术给您吧。不过虽说是任何人都能用，但是要学也是得花点时间的。您若可以的话，今晚就在我这里过夜吧。”

“真是麻烦您了。”

我喜出望外地向要教我魔术的米斯拉先生道了很多次谢，但米斯拉先生对此没什么反应，只是默默地从椅子上站了起来：

“婆婆！婆婆！今晚客人要留下！帮忙准备床铺吧！”

我满心雀跃，连要把雪茄的烟灰弹掉都忘了，并不由自主地注视起米斯拉先生那在石油灯光前显得十分亲切的脸庞。

我拜米斯拉先生为师学习魔术，已经过了一个月。在大雨滂沱的某个晚上，我在银座某间俱乐部的一间小房间里，与五六个好友一起窝在暖炉前，轻松地聊着天。

毕竟这里可是东京的中心！或许是窗外的雨总是落在车水马龙之上，雨声也不像大森的竹林那般寂寥。

而窗内是如此光明灿烂：明亮的电灯光、大张的摩洛哥皮椅、光滑又精致的拼木地板……这个地方跟米斯拉那间下一秒可能真的就会有精灵跑出来的房间，更是无法比较。

我们在雪茄的烟雾中，聊着狩猎、谈着竞马，突然有一个朋友将吸到一半的雪茄就这样丢进了壁炉里，朝着我说：“听说你最近表演的魔术颇受好评，今晚能不能也给我们看一看？”

“有何不可。”

头依然靠在椅子上的我，摆出一副自己正是魔术名人般的态度答道。

“那么，要变什么就交给你了，可得给我们看些路旁的魔术师玩不出来的花招啊！”

朋友们一个个点了点头，把椅子拉近，像是在等我表演般地望向了我这边。于是，我缓缓地站了起来：“那就看好了，我的魔术，不需要什么准备，也没有什么机关。”

我边这么说着边卷起了袖口，把手探进火炉，随意地捞起了那烧得通红的煤炭。围在我身边的朋友们则光是看到眼前发生的事情，便已吓出了一身冷汗。大家面面相觑，像是怕再靠近会不小心被烫伤般，甚至是带着一脸惧怕的样子，开始往后退。

我不慌不忙地把那仍燃烧着的煤炭在朋友们眼前晃了

一圈，接着将它们一股脑地撒在拼木地板上——就在那一瞬间，它们发出的声音甚至盖过了窗外的雨声！因为，在拼木地板上响起了另外一种雨声：那些烧得通红的煤炭一离开我的掌心，就化成了一阵光灿灿的金币雨，飞落在拼木地板上。

朋友们全都望得出神，竟无一人喝彩。

“先这样子吧！”

我露出了得意的微笑，静静地坐回原本自己靠着的椅子上。

“这些全都是真正的金币吗？”

满场寂静，当总算有一个朋友从震惊中回过神来，向我问这句话时，已是五分钟以后了。

“当然。若觉得有假，不如拿起来看看吧？”

“该不会被烫伤吧？”

其中一名朋友小心翼翼地捡起其中一枚金币：“哎呀！这可是真金币呢。喂！侍女！快拿扫把和畚箕来！把这些扫起来！”

侍女照着那名朋友的吩咐将地板上的金币扫起来后，

金币在一旁的桌子上堆成了一座小山。朋友们围在那桌子一旁，七嘴八舌道：

“这样应该至少二十万元吧！”

“应该还更多些。幸好这桌子坚固，要是再细致精巧些，可要被这些金币压垮啦。”

“这还真是伟大的魔术呢！烧红的煤炭居然成了真金！”

“这样的话，应该不出一个礼拜，就能比岩崎、三井那些富豪们更有钱了吧！”

朋友们不停地称赞着我的魔术，但我依然只是慵懒地靠在椅子上，优哉游哉地叼着雪茄、吞云吐雾：

“没这回事。我的魔术呢，一旦起了欲望就再也不能使用了。这些金币给你们看一看后，就要全部扫回暖炉里去才行。”

朋友们听了我这番话，不约而同地开始反对了起来——毕竟这么大一笔财富，变回煤炭简直是种浪费。但我跟米斯拉先生有约在先，于是我坚持主张把这些东西通通丢回火炉里。争吵不休之中，这群友人里大家公认最狡猾的那个，用鼻子笑了笑道："你想把金币变回煤炭，而我们不想这么做。两方的目的相反，这样下去怎么吵都不会有结果，也是很自然的事。这样子如何：用这些金币当赌注，咱们来赌牌吧？若是你赢了，这些东西看你是要变回煤炭还是什么，就由你高兴。但若我们赢了，就把金币交给我们。这样你既不会违反你的道，我们也能得到满足，不正是皆大欢喜？"

纵使如此，我还是摇了摇头，没有轻易赞同他的看法。就在这时，那名友人脸上挂起了嘲讽的笑容，视线在我和桌上的金币堆间来来回回："你之所以不跟我们赌牌，想必是不想被我们抢走金币吧？说什么为了施展魔术必须舍去欲望，这该不会也是空口说白话吧？"

"不，我不是为了想要保留这些金币才要把它们变回煤炭……"

"那么跟我们赌一把不就得了？"

就在如此这般的你来我往下，最后我还是不得不用桌上的这叠金币当本金，跟朋友们赌牌。当然，朋友们全都乐歪了。他们立刻搬来了房间角落放着的牌桌，在桌旁绕成一圈，催促我上场。

万般不情愿之下，我只能跟朋友们打牌了。但不知为何，那天晚上，平常打牌就不怎么得手的我，竟有如神助般地过五关斩六将。就在这过程中，原本对打牌没什么兴趣的我也渐渐兴奋了起来。十分钟不到，我已经忘了一切，热衷地抽着眼前的那堆牌。

朋友们本来就只是想从我这边捞走那堆金币，到了这个地步，大家都急了——他们奋不顾身，表情甚至都快扭曲地向我挑战。但无论他们如何尝试，还是没能从我手中赢下任何一场。不只这样，我还赢来了跟那些金币几乎等价的赌注！看到这一幕，怂恿我跟大家赌牌的那位恶友，宛如失心疯了似的把钞票砸在我的桌上：“来，抽吧！我把我全部的家产都赌上了！土地、房子、马匹和车辆！全都拿来跟你赌！相对地，你要是输了，我要你的这些金币和你赢来的这些赌注！来！抽吧！”

在那一刹那，我的欲望终究还是浮现了：这次要是输了，不只这些堆积如山的金币，甚至我今晚赢来的这些钱都要赔给眼前的这个朋友！而只要赢这场的话，我还可以把对方的所有财产全都收归自己所有！苦心学来的魔术，这时不用，更待何时！已经不管三七二十一的我，决定悄悄地行使魔术，宛如要决斗一般——

“好吧，请你先抽！”

“9！”

“老K！”

我发出兴高采烈的声音，在脸色已经铁青的朋友眼前看了看自己刚抽到的这张手牌：那位纸牌上的国王，就像是突然有了灵魂一样，抬起了他那依然带着皇冠的头，轻快地把身体探出了牌纸，依然平稳地拿着他的那把剑，脸上浮现令人不舒服的微笑：“婆婆！婆婆！客人今晚不留下！不用帮忙准备床铺啦！”

“国王”用着耳熟的声音说道。而不知为何，窗外的雨声又化为那落在大森的竹林里的潇潇细雨了。

宛如大梦初醒的我望了望身旁，那盏微暗的石油灯依然在我面前散发光芒，而米斯拉先生则宛如那张扑克牌上的国王，微笑着坐在我的对面。

从我的指间夹着的那根雪茄烟灰要落不落的样子看

来，我刚刚所经历过的那一个多月，不过是两三分钟的幻梦。但也就是在这两三分钟之间，在我和米斯拉先生眼中，我这个人毫无资格学习哈桑·甘的秘法这件事已经成了无可置疑的现实。我满心羞耻地低下头，过了好一阵子都没能说出半句话来。

“若要施展我的魔术，就得先舍弃欲望。看来你的修为，还是差了点呢。”

米斯拉先生露出了怜悯的眼神，将手肘撑在那绣着红花图案的桌布上，平心静气地劝导道。

芥川龙之介

轨道矿车

小田原到热海间开始铺设铁轨，是良平八岁的时候了。良平每天都到村外去看工程，或者该说，是去看矿车运土。

矿车上总是有两名工人，他们把土堆进车子后就站在车后，矿车下山时，不用花什么力气——车台照着推着的方向前进，工人的袢天[①]下摆飘来飘去，细细的线路简直像是要被折断般——良平看着这些景象，偶尔也会想当个工人，至少能跟工人一起搭一次运土矿车也好！矿车来到村外的平地后，速度减慢就会自然停下，工人们就会利落地从矿车上跳下，并把矿车往前一推，把土倒在终点的位置，接着又推着矿车往山上登去。良平觉得就算不能搭，也想推推那台车子。

某个傍晚——那是二月上旬发生的事了，良平和比他小两岁的弟弟，以及跟弟弟同岁的邻家小弟来到了村外的

① 和式棉袄，多半用作工人或是祭典的工作服。也写作“半缠”。

矿车场。并排在夕阳余晖中的矿车上面满是泥巴，但到处都不见工人的身影。三个小孩战战兢兢地推了推最尾端的矿车，三人合力推车之下，突然车轮子就开始发出轰隆隆的声音并转了起来。良平被车轮转动的声音吓了一跳，但很快就习惯了车轮接下来的声音：轰隆、轰隆……三个小孩的手，就这样推着矿车，而矿车边发出声音，边沿着线路向上爬去。

就在他们推了大概十间[①]远后，线路的坡度突然开始变陡。而靠三个小孩的力气，怎么推都推不动矿车，那矿车简直像是要压着三个小孩子，立刻要往回滑了一般。良平心想应该差不多了，于是朝着比他小的两个小孩比了个手势：

“搭上去吧！”

他们放开了手，立刻就翻身进了矿车。矿车刚开始还只是缓缓地滑着，接着开始逐渐加速，往下坡的方向冲了过去——那时轨道两旁的风景，就像是突然往两侧切开般

① 日本战前使用的长度单位。一间为六尺，即1.818米。

地一幕又一幕地展开又滑过：薄暮的风吹在脸上，矿车在脚下不停摇舞——良平简直兴奋到极点。

矿车就这样在两三分钟后，又停在原本的终点处了。

“好！再来一次！”

良平和比他小的两个孩子又再度开始推车。但就在连车轮都还没动的时候，他们的背后突然传来了脚步声，听到脚步声的下一瞬间，就发现那个声音又突然变成了一阵怒骂！

“混账！是谁准你们动车子的！”

一名身材颇高的工人站在后面，穿着有点老旧的印袢天①，戴着一顶不合时节的草帽。当这个身形映入眼帘时，良平已和两个孩子逃出了五六间远。从那之后，良平就算跑腿经过没有人的工地，发现矿车没人搭乘，也不会想再搭一次看看。那时那名工人的样子，现在也留在良平的记忆里。那顶小小的、黄色的草帽，在黄昏的余晖中隐然可见，但似乎连这个记忆，也在逐年褪色。

① 绣着商家名号或是团体名号的袢天，通常被视为职人的正装。从此可以看出该名土木工资格较老，地位较高。

在那之后又过了十几天，正当良平独自在过午的工地上看着矿车时，又一台载着枕木的矿车，沿着之后要拿来当主线的宽轨道爬坡到了工地。推着这台矿车的两个土木工都是年轻人，当良平看到他们时，直觉地感到他们较好亲近：“如果是这两个人的话，应该不会被骂！”他这么想着，跑到了矿车旁：“叔叔，我也来推吧？”

其中一个人——穿着条纹衬衫的那个男人，低着头、推着车，一如良平所想的同意了：“嗯，一起来推吧！”

良平走到两人之间，开始用力地推。

“小小个子，力气不小啊。”

另外一个人——把自己的香烟夹在耳朵间的男人，称赞道。

推着推着，线路的坡度渐渐变缓了。“推到这里就可以了”，良平现在怕下一秒就听到工人说出这句话，但两位工人从刚刚到现在，只是默默地推着车。

良平总算是忍不住了，惴惴不安地问了：“我可以继续帮忙推吗？”

“当然。”

两名工人同时回答道，而良平觉得“这两人人真好”。

当他们推了五六町[①]后，轨道的坡度一口气变陡了，而两旁的橘子果园中，金黄色的果实正迎着日光。

“还是上坡好，这样他们就会让我继续帮忙了。”良平边这么想着，边用全身力气推着矿车。

当他们登到山坡的顶端后，突然轨道又一个往下直冲。穿着条纹衬衫的土木工人对良平说：“来，搭上来吧！”良平照着他说的立刻跳上了矿车，而当三人都搭上矿车后，那矿车立刻从橘子旁的轨道顺着滑了下去。“搭车还是比推车好。”良平的羽织灌满了风的同时，他理所当然地想着。“只要去的路上推的路段多一点，回程时就可以多坐一点！”他也这么想着。

来到了竹林附近时，矿车缓缓地停了下来，而三个人又像刚刚那样开始推起那沉重的矿车。记忆中的竹林已经不知何时成了杂木林，那缓缓攀高的斜坡上，有些地方早已堆满了落叶，而它们足以掩盖铁锈红的轨道。当他们终

① 一町即109.09米。

于爬到坡顶时，他们发现那高崖远方的大海在眼前一望无际又冰冷冷地展开。这时良平突然明确地感觉到，自己这趟来得实在太远了。

三人又再度上了矿车。轨道转了弯，矿车的右手边是那片大海，而车子在杂木林的枝丫下往下疾奔，良平却已经没了刚刚那份舒畅有趣的感觉。“推到这里就可以了。”他在心里这么念着。但良平也清楚地知道，如果矿车没有抵达终点，车子和他们都无法回去。

接下来车子停下的地方，是把山切出一块之后的平地，而有家稻草屋顶的茶铺就坐落在这个地方。两名土木工人进了店后，就跟那位茶店老板娘喝茶，她还背着自己嗷嗷待哺的婴儿。毛毛躁躁的良平此刻只能在矿车身旁转来转去，而矿车那坚固的车台板上，溅到上面的泥土都已经干了。

不久后，从茶店出来的其中一位土木工——耳朵上夹着香烟那位（这时那根香烟已经不见了），给了在矿车旁的良平一包用报纸包着的点心。良平冷淡地说了一句“谢谢”后，又觉得这样好像不太对得起对方，于是为了圆场，他立刻打开了那份点心，把其中一块扔进了自己嘴里——或许是直接用报纸包着的原因，这点心沾着点儿石油味。

三个人边推着矿车边登上缓缓的斜坡，而良平此刻手在车上，心不在焉。

从那个山坡一口气往下之后，又有一间茶店。工人们进去之后，良平只是坐在矿车上，心想着回去的事：映在茶店前树上梅花的夕照，已经开始淡去。“太阳就要下山了。”当良平想到这点时，他开始坐立不安，踢踢矿车的车轮，用全身的力气推那明知他自己一个人推不动的车子，他开始用这些动作来转移自己的注意力。

但土木工们出来后，他们把手搭在车上的枕木上，朝着良平不经意地说道：

“孩子你先回家吧，我们今天要住在另一头呢。”

“太晚回去的话，你们家应该也会担心吧？”

良平整个人呆愣在原地：周围的天色已经很暗了。去年曾在黄昏时跟妈妈去过岩村，但今天的路途大概是那次的三到四倍远，接下来自己只能一个人走路回家——良平一瞬间察觉到这些事的时候，他简直快哭了。但就算在这儿放声大哭也无济于事，现在也不该哭。他向那两位年轻工人轻轻地行了个随意的礼后就沿着线路开始往回跑。

良平全力奔跑了一阵子，而在这途中他发现怀中的点心包裹碍事至极，他把它扔到了路旁后，又把自己穿的木底板草鞋给脱了。虽然因此有小石子跑进了自己的足袋[①]里，但脚步变得相当轻盈。他边感受着左边的大海，边奔爬上了坡道。他不时感到泪水快要涌出来，这也让他的脸整个有点歪了，但他依然拼命忍耐着，只让鼻子不停擤着。

奔过竹林之后，那夕阳中的日金山已经完全不带一点火红了。良平心里的不安越来越浓，而去程与归程景色的不同更让他心里罩上阴影。于是他接着把那已经整件湿透、令人不适的羽织也脱弃在路边，继续跑着。

回到橘子果园时，周遭已几乎全黑了。良平边想着“只要能够活下来”边用差点绊倒的样子跑着。

---

① 日式的袜子。

等到他终于在落日后的黑暗中看到村外的工地时，良平简直感动得要哭了，但就算他一脸哭相，还是没有哭出来，他仍继续跑着。

当他进到村子里，两旁的家屋中已经各自点起了电灯。借着电灯的光芒，良平发现他自己头上早已冒烟般地大汗淋漓。在井旁装着水的女人们，还有刚从田里回来的男人们看着良平边喘边跑的样子，各自问着：“唉呦，怎么啦？”然而良平只是沉默着跑过杂货店、跑过理发店、跑到了明亮的自家门前。

最后，在他跑进家门口的时候，良平终于放声——他也不得不放声——哭了出来。这哭声立刻让他的爸妈来到他身边，特别是妈妈，似乎在边说着什么边试着拥抱良平，但良平只是不停地挥舞四肢，吸着鼻子、又吸着鼻子地不停哭泣。这响亮又激动的哭声，甚至引来了附近的婆婆们聚集到他们家门口，每个人都在问他到底怎么会哭成这个样子。但良平只是一直哭、一直哭——他沿着那条暗道一路跑来，积累起来的那份恐惧对他来说，是怎么哭都不够的。

良平二十六岁，跟老婆、小孩一起搬到了东京，而今他身处某间杂志社的二楼，手握着他那支校稿用的朱笔。但他偶尔会毫无理由地忆起那天、那时的他。全无理由，在这人生的俗世苦劳中，在他眼前展开的也是那一条生长着微暗的树丛，上坡又下坡的道路细细地延续着……

芥川龙之介

杜子春

一

某个春天的黄昏。

在大唐东都洛阳的西门下，有个年轻人心不在焉地望着天空。

年轻人名叫杜子春。他原本是某户有钱人家的少爷，但因荡尽家产，现在身无分文，过着不知今日又该落榻何处的困苦生活。

当时的东都洛阳，算得上是举世无双的大城了：车水马龙，熙来攘往。在宛如亮油般的落日光辉中，老人的罗纱帽、土耳其女性的金耳环、白马上的彩丝羁绳，集结这个都市中川流不止的景象，简直美得像幅画。

但是，杜子春依然靠在西门的墙上，心不在焉地眺望着天空。薄暮时分那细长的月亮，宛如指甲痕迹，幽白地浮游在晚霞之中。

“天就要黑了，肚子却还咕咕叫着。无论去到哪，今晚大概又没有下榻的地方了。过得这么穷苦，还不如干脆投河自尽算了……”

杜子春独自漫无边际地思索着。

突然，不知从何而来的一位老人驻足在他的面前。那瞎了一只眼的老人沐浴在夕阳的流光中，于西门的城墙上落下了大大的影子。他盯着杜子春的脸：“你现在在想什么呢？”老人用相当高傲的语气问他。

“我吗？我今晚没地方睡，在想着该如何是好呢。”

老人冷不防这么一问，没来得及多想的杜子春垂下眼皮，诚实地答了。

“是吗，那还真可怜。”

老人思考了一阵子后，指着那人来人往的夕阳光辉说道：“告诉你一件好事吧！你记住夕阳落在你身上的那个影子，今天夜半，你挖挖你影子头的那个位置吧！定能挖出一车也载不完的黄金！”

“真的吗？”

杜子春惊讶地睁大眼睛，但奇妙的是，老人早已不见了踪影。挂在天上的月亮比方才更加洁白，而在那川流不息的大道上，已有几只性急的蝙蝠开始翩翩飞舞。

二

杜子春在一日之内，成了洛阳无人可比的大富豪。他依老人所言，记下自己影子头部的位置后，当天晚上悄悄地开挖了。果不其然，挖出了一整堆连大马车都载不完的黄金。

成了大富豪的杜子春立刻买了栋气派的宅邸，过起与玄宗皇帝不相上下的奢侈生活。桌上是吩咐下人千里迢迢买来的兰陵美酒和桂州龙眼，庭院里种着每日会变幻四种颜色的牡丹，还放养了几只白孔雀。集玉缝锦、香木为车、象牙雕椅……若要全数描写他的奢华生活，大概这故事就不用继续了。

风生水起，一直以来在路上见到杜子春都装作不认识的朋友们，这下可就每天都来拜访杜子春了。来访人数有增无减，半年不到，东都洛阳的才子才女们，已经没有一个人没跨过杜子春家的门槛了。杜子春招待这群客人的酒宴之豪华更是不在话下，随便举个例子，他手上的金杯装着西洋来的葡萄酒，而厅上从天竺来的魔术师正在表演吞刀的特技。在他身旁的二十名仕女中，有一半头上戴着翡翠莲花头饰，另一半则插着玛瑙制的牡丹花发饰，吹笛弹琴，为整个宴会轻快地伴奏。

不过纵是家财万贯，也有坐吃山空的一天。就这样一年两年过去后，奢华的杜子春又再度一贫如洗了。人类就是这么薄情寡义——到昨天为止每天都来拜访的朋友，今天经过家门前连声招呼都不打了。就这样，在第三年的春天，杜子春又跟之前一样一文不名地落魄于洛阳街头了。在偌大的东都洛阳，竟找不到一个人愿意让他借宿一宿——不，不用说过一个晚上了，连一碗水都没人愿意给他！

就这样，他在某天傍晚，又来到了洛阳的西门，跟之前一样整个人心不在焉地望着天空。这时，那瞎了一只眼的老人又出现了！

“你现在在想什么呢？”老人向他搭话。

杜子春看着老人，脸上尽是羞赧的神色，低下头欲言又止了一段时间。但老人的问句其实跟那天一样亲切，于是自己也回答了一样的话：“我今晚没地方睡，在想着该如何是好呢。”他有点嗫嚅地答道。

“是吗？那还真可怜。就告诉你一件好事吧！你记住夕阳在你身上落下的那个影子，今天夜半，你挖挖看你的影子胸口的那个位置吧！你定能挖出一车也载不完的黄金的！”

老人话音刚落，他的身影就消失在人潮之中，看不见了。

于是隔天，杜子春再度成了天下第一的大富豪。而他的奢侈做派也全都回来了——庭院的牡丹花、花丛下小憩的白孔雀、天竺来的吞刀魔术师——全都跟以前一模一样。

结果当然就是，那一整车金灿灿的黄金，又在不到三年的时间内被挥霍一空了。

三

“你现在在想什么呢？”

仅一只眼能视的老人是第三次出现在杜子春面前，问出一样的话了。杜子春这次也是在洛阳的西门下，望着那穿透晚霞的眉月光芒，呆呆站着。

“我吗？我今晚没地方睡，在想着该如何是好呢。”

“是吗？那还真可怜。就告诉你一件好事吧！你记住夕阳在你身上落下的那个影子，今天夜半，你挖挖看你的影子的肚子那个位置吧！你定能挖出一车——”

老人说到这里，杜子春突然举起手来，打断了老人的话：“不，我不需要黄金了！”

“不需要黄金了？哈哈，看来你是已经厌倦奢侈的生活了？”

老人用非常讶异的眼神，上下打量着杜子春。

“不是厌倦了奢侈的生活，而是厌倦人这种东西了。”

杜子春用愤恨不平的脸，吐出了这句话。

“这还真是有趣，你又怎么对人厌倦了？”

“人们都很无情。当我有钱的时候，奉承阿谀，一旦我一贫如洗，他们连个笑脸都不愿意给我。就算我再当一次大富豪，我觉得状况也不会变好啊。”

老人听着杜子春的话，脸上泛出了笑意：“你真不像这年头的年轻人，挺聪明的啊。那你接下来要安贫乐道地过一生吗？”

杜子春稍微犹豫了一下，但他又立刻抬起头来意志坚定地看着老人：“这我现在办不到，但我希望能在您的门下修习仙道！您其实是一位仙人吧！不然，又如何让我在一夜内成为天下首富？请收我为徒，传授我仙术吧！”

老人皱起眉头，沉默了一阵子后，像是想了些什么，接着又微笑道：“老道正是峨眉山的铁冠子。之前初见时，便觉得你人相清明，于是让你当了两回大富豪。既然你想修习仙道，那么我这就收你为关门弟子吧！”老人爽快地答应了。

杜子春此刻心中的欢喜简直难以用笔墨形容。老人的话还没说完，他就已经拜在地上，朝着铁冠子不停地叩首。

“你也不用跟我道这么隆重的谢，毕竟师父领进门，修行在个人。能不能成为大仙，还是要看你自己的努力——总之，随我来峨眉山吧！嗯？碰巧这地上有一根竹杖，就用这家伙飞过去也好！”

铁冠子随手拾起路旁的青竹，口中喃喃念咒，与杜子春一起跨上了那根竹子，接着不可思议的事情发生了：那根竹杖就如一条龙般带着他们奔上了空中，在春天晴朗的落日时分，飞向峨眉山的方向。

用“肝胆俱裂”来形容杜子春受惊吓的程度实在不为过。他战战兢兢地往下看，青翠的山峦已在夕阳的光辉底下，而洛阳这座大城的西门（或许是湮没在了晚霞间），已从他的视野里消失，遍寻不着。铁冠子则任风吹拂他白色的鬓发，开始高歌：

朝游北海暮苍梧，
袖里青蛇胆气粗。
三入岳阳人不识，
朗吟飞过洞庭湖！

四

载着两人的青竹不久便到了峨眉山。

它落在一块深谷中的大岩上。或许是地势之故，那正坐空中的北斗星竟大若茶碗。原本就是杳无人迹的深山，现在周边更是一片寂静，偶尔会传进耳里的声音，就只有那株弯弯曲曲、长在峭壁上的松树在夜风中发出的低鸣。

两人到了这块大岩石上后，铁冠子让杜子春背对峭壁坐着：“老道接下来要上天面谒西王母，你就在这坐着等老道回来。老道一离开此处，大概会有许多魔物来诱惑你。无论眼前出现何种惨状，你都不能开口发声。只要你说出任何一个字，就别想修行仙道。记着，纵是天崩地裂，也不得发一言！”

“没问题，我绝对不会出声的！纵是死也不能让我开口。”

“这样我就安心啦，那老道去去就回。”

老人向杜子春告别后，再度跨上竹杖，划过那陡峭山峦的夜空，消失了。

杜子春孤身一人坐在大岩上，静静地眺望着星空。就这样过了大概半小时，当深山夜间的寒气开始穿过薄衣时，空中突然传来了喊声：“是谁在此！”

面对这接近怒骂的声音，杜子春依照老仙人的指示，静默不语。

过了一会儿，同样的声音响起：“若不回答，就拿命来！”

那个声音恐吓道，但杜子春依然沉默着。

接着，一只不知怎么攀上来的老虎，突然跳上了大岩。它眼露凶光，瞪着杜子春，突然便是一声咆哮。而与此同时，头上的松木枝丫激烈地晃动起来——从那峭壁的顶上，有条约莫四斗樽[①]大的白蛇，吐着宛如火焰般的舌头，逐渐往大岩的方向爬了下来。

但杜子春依然稳若泰山，连眉毛都不动一下。

一虎一蛇为了猎食，本来一直对峙着等待对方松懈，但最后双方还是一起扑向了杜子春。就在不知会先被老虎咬死，还是先被白蛇吞吃，总之杜子春的小命即将呜呼哀哉的时候，老虎和白蛇就如雾气一般散去，消逝在夜风中，只剩下那峭壁上的松树随着夜风发出低鸣。杜子春这才松了口气，并开始期待接下来会发生的事。

接着一阵风起，宛如黑墨的乌云罩住了整个天空，淡紫色的雷光将漫天黑暗以剧烈的雷响劈成两半——不，来的不只是雷声，还有宛如瀑布般的冲刷而下的倾盆暴雨。杜子春毫无恐惧地在这惊天大变之中坐着：风声、雨打、

① 日本的一种小酒桶，为圆筒状。四斗樽的圆面直径约六十厘米。

不绝的雷光。正当整座峨眉山都像是要被这些东西倾覆时，伴随着一声震耳欲聋的雷鸣，一柱赤红的火柱，从涡卷于空中的黑云间，击向了杜子春的头顶！

杜子春不禁掩住耳朵，趴在了大岩上。当他睁开眼睛，却发现天空竟跟方才一样晴朗，那如茶碗大的北斗星依然在对面的山峰上闪耀着。想必方才的风雨雷鸣，也跟刚刚的老虎和白蛇一样，是魔物趁着铁冠子不在，前来戏弄自己的吧！杜子春这才放了心，擦了擦额头上的冷汗，在大岩上重新坐好。

然而，他还没能好好喘口气，一个穿着黄金铠甲，身高足足有三丈[①]，看上去十分威武的神将就出现在他面前。他手持三叉戟，突然就将戟的前端指向了杜子春的胸口，横眉怒目道：

“喂！汝是何人？天地开辟以来，峨眉山即是吾之居所。孤身一人来此，定非等闲之辈。若要留汝一命，速速答来！”

---

① 明治时期的一丈约为3.03米。

然而杜子春照着老人的嘱咐，一言不发。

“不答？不答也罢，便唤吾之部将将汝剁成肉泥！”

神将高高举起那把戟，朝着对面山头的空中招呼。顿时，无数的神兵从那黑色夜空的裂口，有如云朵一般席卷天空。众兵晃着他们手上那些亮晃晃的刀枪，像是立刻就要杀过来一样。

看着这幅景象，杜子春差点惊叫出声。不过他想起铁冠子的话，又把自己的尖叫拼死拼活地吞了回去。神将看他这般泰然自若，气得七窍生烟：“汝何以顽固至此？不答，则取汝命！”

神将喊道，说时迟那时快，三叉戟锋芒一闪，刺过了杜子春的胸膛。神将发出震动峨眉山的笑声后，消失了。他招来的那些天兵天将，也跟吹过的晚风一起宛如一场梦般无影无踪。

北斗星的光辉冷冰冰地照在这块大岩上，峭壁上的松树也依然发出自己的低鸣。但杜子春已经没了气息，仰倒在地上。

五

杜子春的肉体在大岩上仰倒着，但他的灵魂已悄悄地离开身体，下到了地狱的深处。

在阳间与地狱之间，有条名为暗穴道的通路。那里一年到头天空都是黑色的，只有冰冷刺骨的寒风不停地肆虐其间。杜子春犹如一片坠落的树叶，在冷风中飘飘荡荡，最后到了一个门口挂有“森罗殿”匾额的宫廷前。

宫廷前的众多鬼怪看到杜子春出现，立刻围了上去，将他押到了台阶前。台阶上有着一位王者，穿着黑袍，戴着金冠，用严厉的眼神看着周遭，显然他就是那位传说中的阎罗王了！杜子春不知该如何是好，只能战战兢兢地跪下。

“汝，何故坐在峨眉山上？”

阎罗王的声音宛如雷鸣，从台上滚滚而下。杜子春本来立刻就要开口回答，却又想起铁冠子告诫他“不能开口发声”，于是他垂下了头，像个哑巴般呆站着。阎罗王举起铁笏，吹胡子瞪眼睛地说：

“汝当此地为何处？速速答来，不然地狱诸苦，加诸汝身！”阎罗王盛气凌人地吼道。

杜子春的嘴唇依然动都不动。阎罗王见此，气冲冲地向鬼兵吩咐了一段话，鬼兵们先是震惊了，然后就带着杜子春飞向了森罗殿的空中。

地狱除了大家都知道的剑山血池以外，还有名为焦热地狱的火焰山谷，由寒冷冰海构成的极寒地狱等等，都在地狱黑暗的天空下。杜子春就这样被抛到了地狱里：万剑穿心、大火烧脸、拔舌、剥皮、油锅煎炸、毒蛇吸脑、雄鹰吞眼……杜子春在这里受到的苦难，若真要如数家珍般地一个个说完，还真是没有尽头。即使如此，杜子春还是硬咬着牙，只字未语。

鬼兵看到这个状况也愣了，他们只好带着杜子春再度飞上空中，押回森罗殿前。让杜子春跪下后，他们向阎罗王报告：“大王，这个罪人无论如何都不说一句话啊。”

面对鬼卒们异口同声的证言，阎罗王皱了皱眉，低头沉思了一下，突然向一只鬼卒吩咐：“这男人的父母应该在畜生道，立刻招来！”

鬼卒们乘着风飞上了高空，又像是流星一般赶着两只畜兽回到了森罗殿前。看到那两匹“畜生”，杜子春惊讶万分：它们的身体是瘦马，但脸部却是他已死的父母，他做梦也不会认错的。

“汝为何坐在峨眉山上？若不从实招来，则将由父母代汝受苦！”

纵使受到这样的恐吓，杜子春依然沉默。

“不孝孽子！无论父母如何受苦，只要自己无事便好吗？”

阎罗王用像是要吼塌森罗殿的声音喊道：“打！给我打！小鬼！把这两只畜生打到肉骨尽碎！”

鬼卒们一齐喊了声“是”，各自拿起铁鞭，四面八方地朝着两匹马就是一顿痛打。那足以劈开空气造成瞬风的鞭势，宛如暴雨的鞭打，都在不停撕裂他们的身体。而那两匹马——变成畜生的父母，则是全身因苦痛而颤抖着，眼睛流着血泪，发出让人不忍听的嘶嚎。

“还不从实招来？”

阎罗王让鬼卒们暂时停止鞭打，又问了杜子春一次。

两匹马此刻已经皮开肉绽，气若游丝地倒伏在阶前。

杜子春回想起铁冠子的话，紧紧闭上自己的双眼。但此时有阵几乎不成声的低语传来：“别担心我们。无论我们怎么样都没关系，只要你能幸福，就行了！阎罗王无论怎么说你，你要是不想说的话就别说！”

那正是他母亲令人怀念的声音。杜子春不由自主地张开眼，一匹奄奄一息的马，倒在地上注视着他。母亲就算在这个时候，为了自己的儿子，也甘愿受鬼卒鞭打，没有一点怨恨，跟那些人——那些自己变成大富豪时阿谀奉承，自己穷困潦倒时连正眼都不看一眼的那些人比起来，是多么崇高又多么坚强！杜子春此刻已把老人的告诫抛到了脑后，滚倒般地奔到那匹马的身边后，抱住垂死的马的脖子，泣不成声地叫道：“娘！”

六

在这一声呼喊中，杜子春再度看了看四周，他依然在春天的夕晖中，洛阳的西门下，呆愣愣地站着，晚霞照掩的天空，净白的眉月，熙来攘往的人潮——全都跟他还没前往峨眉山前一模一样。

“看来你就算成了老道的弟子，也当不成仙人啊。”瞎了一只眼的老人微笑道。

“当不成是当不成了，但当不成反而令我宽心啊。”

杜子春的眼里还噙着泪水，自然而然地握住了老人的手：“就是成了仙人，在地狱的森罗殿前，我也见不得父母受鞭受苦啊。”

“你若在那种状况下还保持沉默，”铁冠子的表情突然严肃起来，盯着杜子春，“那老道定要在此将你伏诛。你大概也不会再想修仙，应该也不会再想当大富豪，那你接下来要当什么呢？”

“无论当什么，总之要像个人，过着无愧于心的生活。”

杜子春的声音透着一种从来没有过的活力。

“可别忘了你这句话啊，那么，今日一别，再不相见！”

铁冠子边说着边踏出步伐，但他又停下来，回头看向杜子春："啊，差点忘了，老道在泰山的南麓还有一间小房子，那间房子还有它旁边的田就送给你，你可以去住。这时节，那间房子旁的一片桃花也该开啦！"

老仙人愉快地补述道。

（大正九年六月）

有島武郎

差点溺水的兄妹

当无风的岸边开始出现土用波[①]，那些从城市来此进行海水浴的人们便渐渐关起别墅的大门，返回他们的城市里。整个夏天，沙滩上、海水中，从早到晚，从沙丘上往海边一看，真的会好奇到底这么多人是打哪儿来的。但一到九月，不过才三号，沙滩上已经没有任何人影了。

我的好友M，还有我和我妹妹决定去海水浴一番。虽然奶奶说这几天波浪很大，最好还是别去，不过天气这么好，又没有风，所以觉得毫无问题的我把这段话当耳边风了，依然出门了。

那时刚好是中午过后，天气晴朗，万里无云。白昼也听得到草丛里的虫鸣。但沙滩是如此灼热，以至于没穿鞋子的人偶尔还是得踩上草皮。M用大毛巾包着头，迅速地往前跃进，而我牵着头戴草帽的妹妹跟着跑在后面。我们三个为了赶快泡进海水里，跑得上气不接下气。

---

① 夏末左右发生的大浪。一般被认为是远洋的台风或扰动造成的超距离型大浪，日文中一般称作Uneri。

我记得，那就叫作“纡波”（Uneri）吧！那种波浪跟那些轻轻打在岸头上就散成浪花的小波浪不同，是那种从远远的近海就出现的、宛如小小山头般的波浪。当它终于靠近陆地时，那波浪的山头会突然一尖，然后“啪”的一大声后打在浪头上。接着，隔了一小段时间，又会有一波小山般的浪头袭来，它会用非常强的势头打在岸上，让沙滩上整个都是浪潮过后的白色泡泡。我们三个看着这种浪，觉得有点不舒服，但来都来了，直接打道回府感觉也很差。所以，妹妹脱了草帽，把它反过来放在沙滩上，把衣服和毛巾之类的东西卷成一团放进去后，我们三人便手牵着手进了水里。

“吸力还真强呢。”

M这么说道。确实如此——这边吸力是指，海浪往海的方向退回去时所产生的力。而那天的我们也确实觉得：今天的浪，吸力非同小可！就算水只有脚踝那么深，但那宛如急流河川般的浪潮退去时，会连沙子一起带走。一个不小心，就会因重心不稳而跌倒。那浪花的动静让我们眼花，但又让我们感到新奇有趣。浪默默地卷走脚底的沙子，让我们缓缓陷入沙中的过程让我们三个小孩乐翻了天。三个人手牵着手，朝更深的地方走去，在面向大海站立时，浪花简直要让我们弯下膝盖才能站稳。而如果我们面朝陆地，退潮的水打在小腿上，甚至有那么些疼。我们或双脚打直，打赌先弯下腿的就输了，或尝试在来来去去的浪花中单脚站立。三个孩子就有如人鱼般，左跳右跳地玩耍着。

玩耍间，M去到了水大概有膝盖那么深的地方。因此当纡波来的时候，M总得打直身体才不会倒下。看着M的样子，觉得有趣的我们也开始往水深的地方前进。就这样，我们到了没有浪来的时候水深及腰的地方。到了这里，大浪来的时候便不是光站着就可以了——不试着自己往上浮的话，就会吞好几口海水。

浮上水面时，我们发现自己已经被浪顶了起来，海浪继续往陆地推进，而我们只能看得到浪花的背影。转眼间，波浪已经打上沙滩，一整面都是白色的泡沫。沙山和妹妹帽子的存在突然变得十分清晰，这也让人觉得很好玩。我们三个孩子已经忘了土用波的危险，不停地嬉戏着，穿过一道道波浪。

“哎呀，大浪要来了！”

妹妹看着海的方向，用带着点恐惧的声音说。我和M往那个方向看过去，确实正如妹妹所说，有一股明显更大的海浪，张开双臂朝这边压了过来。这波大浪使还算会游泳的M也觉得该往陆地的方向、往稍浅的地方游了，我们自然也不例外。我们把上半身往前倾，把两手伸向前方做出拨水动作的同时，想要走回去，但浪的吸力十分强悍，就算把脚抬起来也不能前进多少，仿佛像是在梦境之中，被可怕的怪物追着跑一样。

后方打来的大浪可不会等我们回到比较浅的地方，浪潮越来越近、越来越大，顶端更是出现了白色的浪花。M从背后叫道：“别过去！浪花盖下来就会被卷走的！先趁这个机会过浪头吧！”

M说的话也挺有道理的。于是我和妹妹站着等待大浪袭来。那宛如屏风般高大的海浪扑倒而下，我们三人则抓好了时机再度钻上了浪潮的背脊。我们边感受着大浪揉捏我们的身体，边渡过了这波大浪。三人安心地游水，看着彼此的脸微笑。浪头过了后，我们便停了下来，站在海水下的沙上。

然而，就在下个瞬间，我们全都沉下了水面，无论怎么伸腿，脚底都碰不到沙子。我们又惊又慌，拼命地往上划水，终于让头再度探出了水面。这次我们不用开口，就可以从彼此惊恐的眼神，吓得苍白的脸以及眼睛睁大到眼球快凸出来的表情知道：光是刚刚那个大浪，就把我们给卷到了一个脚踩不到水底的地方。我们不发一语，但我们知道，应该立刻往陆地游去。

三个人默默地把身体打横开始游了起来，不过我们的能力可想而知——M十四岁、我十三岁、妹妹十一岁。M一直都是学校游泳社的成员，会游泳是理所当然的。但我才刚学会侧游法，才刚要学一点仰式，妹妹则好不容易刚放开浮板，只能游个两三间①。

于是我们就这样渐渐地被带往了大海深处，每当我把埋在水线以下的半颗头抬起时，便能发现妹妹离我越来

① 日本测量单位，一间约为1.8米。

越远，M则向着陆地，也离我越来越远。又过了一会儿，终于，三个人的距离拉开到勉强只有声音能够抵达的地步了。当海浪再起时，妹妹和M就从我的视野里消失了。当妹妹再度看到我的脸时，她拼命地从我后面喊道：“哥哥……快来……游不动……救命……”

因为海水到了妹妹的鼻子左右，所以只要她发出喊声，就会多吞几口水，她吞到脸色铁青，这使她看起来就像是在瞪着我一样。我边游着边被浪的吸力往后拉，有几刻甚至在想，干脆去救妹妹好了。不过，我显然是个大坏蛋——这时，我更看重的还是自己的命。如果到妹妹那边，搞不好两个人都会被冲到海里而没命。感到十分害怕的我，除了尽早上岸，找渔夫之类的人来帮忙以外，实在别无他法——现在回想起来，那时的我真是太自私了。

我想到这里，就不管三七二十一地往陆地游了过去。觉得力气不够了，就先漂浮在水面上，稍微喘口气后再继续往前。交替之间，陆地看起来越来越近、越来越近。我拼命游、拼命游，就在我改成立泳，想要踩踩看水底的沙子时，整个人又扑通一声沉了下去。慌乱的我只能继续拼命划水。

我再度尝试站立，发现水深只到膝盖，又过了好一会儿——安下心的下一刻，我就发现，自己正用声嘶力竭的哭腔喊道：“快来人，救命！”

我像个狂人般在沙滩上不停奔跑着，在遥远的另一边，M也在做着同样的事。我没有忘记我妹妹——我边跑边不时望向她，她现在已经离岸边很远了，在浪花中若隐若现，可怜的妹妹，我现在竟只看得到她的头！

海滩上没有船，更没有渔夫。此时，我甚至起了干脆自己过去的冲动，将疼爱的妹妹孤零零地扔在原地这件事让我十分痛苦。

就在这时，M从海滩遥远的另一边，拉着一名年轻男人的袖子跑过来。我看到这个景象，便立刻跑向他们。这位年轻男人大概是当地人，看起来不像渔夫，像是路过的人，肩上扛着某样东西。

“快点……快点救救她……在那里、在那里！”

我的泪水此刻简直像是不要钱似的哗哗直流，我极力忍耐，按捺过度躁动的身体，伸出颤抖的手臂，指向浪花中妹妹那只露出一点点的头。

年轻男人往我指的方向定睛看了一会，便把自己扛着的东西放到一旁的沙上，解开自己的腰带，把衣服也一起放好后，便扑通一声跳进了海里。

我全身颤抖着、哭泣着，将手指头放进口中啮咬着，盯着那个男人不停地往大海游去的身影。我现在到底站在哪？我现在是冷还是热？我一点都不清楚了——我连我到底有没有手脚都不清楚了。

男人双手交互划水，朝妹妹的方向游去，他的身影越来越小，与妹妹的距离也越来越近。他身旁激起的那些白色浪花闪闪发光，划过海水的手宛如那从水中跳出的飞鱼，时隐时现。我则只是盯着他的动作。

终于，那年轻男人的头和妹妹的头凑到一起了。我不禁把手指拿出口中，边发着声音边往那个方向走进水里。但两人的移动是如此之慢，不知为何，我跳回了沙滩上，然后又回到水中，完全无法静下心来。

妹妹的头沉进了水中无数次，有好几次沉得太久，让我以为她不会再浮起来了。同时，年轻男人的头也不见了。但就在那么想的下个瞬间，一阵水花就带着他们两个一起出现在水上，原来他们只是在曲泳[①]！如此这般，两人慢慢地靠向岸边，我终于也能清楚地看到他们的脸了。然而，他们所在之处，差不多就是大浪开始崩塌的地方，所以他们还是数次被白色的浪花盖了下去。最后，年轻男人四肢着地地抵达岸上，而妹妹即使到了这个深度，也还是让他背着。处于极度亢奋状态的我则立刻奔向了他们。

当我到了两人身边，让我惊讶的反而是年轻男人的模样。他上气不接下气，像是把所有力气都用完了一般整个人瘫在沙滩上。妹妹看我靠近却避开了我，直接往沙丘跑去。这时我才发现，妹妹恨我。我想，这也是理所当然的。我不禁难过起来。

这么说来，朋友M究竟去了哪里？站在年轻男人身边，我脑中突然想起这件事，便四处张望。在远方的沙丘上，M正搀扶着奶奶往海滩奔来。妹妹显然是比我早一步发现她们，才立刻跑了过去。

---

① 日本的一种游泳法，跟蛙式十分相像。

看到这个景象，我也稍微安心了。我把手搭上年轻男人的肩膀，想要说些话，他却一副厌烦的样子拍开我的手，坐在浪花来去的地方，脸上带着不愉快的表情揉着胸口。于是，我连和他搭话都不敢，只能呆若木鸡地站在旁边。

“是您救了这个孩子的命？真不知该怎么感谢您！”

奶奶那气喘吁吁的声音从旁边传进我的耳里，全身上下——连头都湿了的妹妹则不停哽咽着，被奶奶抱在怀中。

我们三个人用手臂夹起衣服和毛巾，湿漉漉地跟奶奶一起回了家。年轻人见状，也站起来擦了擦身体，原本打算直接离开，却在奶奶的大力主张下默默地跟了回来。

回到家里时，床已经为妹妹铺好了。妹妹换上睡衣躺下，立刻发起烧，整个人宛如风中的叶子般抖个不停。奶奶倒是很坚强地打点好妹妹，诚挚地向年轻人道谢。年轻人似乎是个不怎么会社交的人，只沉默地点了点头。最后，奶奶只探听出这个年轻人的住处。年轻人喝着麦茶，担心地看着妹妹，之后鞠了两三个躬，便回家了。

“M跑来跟我讲你们的事时，我简直都快昏过去了！你们爸妈把你们托付给我，要是你们有个三长两短的话，我想我真的没脸再活下去，干脆一起死了算了。这么想着，我就跑上了沙丘，我跑得比M还快。虽然那个人刚好在那里，妹妹得救了，但是这真的是太可怕了！再这么不小心可不行！”

奶奶最后还是大发雷霆地教训我们。奶奶平常是个很温柔的人。她的那段话让我整个身心都颤抖了起来——她的话让只顾让自己得救的我像是被万箭穿心了一般。想哭却又哭不出来的我，全身僵硬地在奶奶眼前任她训斥。屋檐外，灼热的太阳依旧照耀着沙滩。

奶奶亲自去向年轻人道谢。但无论奶奶说什么，年轻人都不肯收谢礼。

在那之后五六年间，我们还知道那名年轻人的住处，但现在已经失去联系了。对我们很好的奶奶现在也已不在人间。好友M则因为某些怪事被人杀害。现在只剩下我和妹妹还活着了。跟妹妹提起那件事时，妹妹总是会说：

“那时真的很恨哥哥，恨到骨子里了。”而每当我想起浪花卷起、妹妹从视野里消失的那个画面，我便感到一阵恐慌，心怦怦直跳。

有岛武郎

我帽子的故事

“我的帽子是爸爸从东京给我买来的。价值两元八十钱[1]。帽子很帅气，罗纱[2]也很高级。爸爸说要好好珍惜这顶帽子。我也很喜欢这顶帽子。睡觉时都用手拿着它睡。”

这是我在学接续文法时写的作文。老师拿着它读给班上的同学听：“睡觉时都用手拿着它睡。睡觉时都用手拿着它睡。”老师重复了两次后，哈哈大笑起来。大家看到老师笑得合不拢嘴，也笑了起来。我看到这幅景象，也笑了。于是大家笑得更夸张了。

当那顶帽子不见时，我慌乱至极。跟以往一样，说完“晚安”后，把包好的书本放在枕边，然后抓着帽子那闪闪发光的帽舌睡下——到这里我都还记得，但帽子就是不见了。

---

① 日本使用的一种比“元”次一级的货币单位。

② らしゃ，一种偏厚的毛织布料，保暖且坚固。

醒来时，包书的布包还在枕边，但是帽子不见了。我吓了一跳，从被窝里坐起来东张西望。爸妈两人依然睡得很香，不知道我的帽子不见了。我本来想要把妈妈叫醒，但要是被妈妈说："你睡傻啦？帽子不就在这里吗？"如果妈妈不知从哪里把帽子给翻出来的话，也未免太丢人了！于是我决定不把她叫起来，而是自己翻翻搔卷①的两袖下方。没有。找找枕头旁边，结果还是没有。本来认为自己只要认真找就一定能在附近找到，但无论怎么翻找，帽子都不见踪影，这就让人有些担心，担心到甚至开始口干舌燥了起来。最后连被窝底下都翻过了。有没有可能是我明明就拿着帽子在找帽子呢？于是我又把两手伸直放到自己眼前：手心！手背！手指之间！都没有。我开始心神不宁了。

如果最重要的东西是昨天爸妈买给我的读书用的字典的话，那么，第二重要的就是这顶帽子了。我很难过，眼泪很快就流了下来。但我立刻告诉自己"哭也没用"，并

---

① かいまき，是一种看起来像衣服形的"有袖子的寝具"，通常用来御寒。

立刻离开了被窝，到书柜上上下下地翻找，可还是没有看到帽子。这让我更加困扰了。

“上次拿着帽子睡是在前天晚上，搞不好我昨天晚上忘了呢？”这时，我脑海中突然浮现出了这句话。这么说来，我好像拿着它睡觉了，又好像我忘了拿着它睡觉了……“想必是我忘了。这样的话，它一定是被我忘在玄关了！一定是！”

我整个人欢喜得快要跳起来了。我的帽子此刻一定是用一副“不关我事”的表情挂在玄关的帽架上！我边这么想着，边兴奋地用力推开了纸门。我怕自己突然开门的声音会吵醒爸妈，回头一看，那以往对声音极度敏感、有一点风吹草动都会醒来的妈妈，此刻依然睡得香甜。于是我悄悄地拉上纸门，向玄关走去。若是平常，这里的灯早就关了，但今晚，不知为何，玄关的灯亮得让人以为是在白天，什么东西都能看得一清二楚。虽然我觉得我的帽子现在一定也威风八面地挂在爸爸的帽子旁边，但我还是有点担心，于是在到帽架之前，都没有往上看。直到帽架出现在眼前，我才猛地抬头——结果，只有爸爸的那顶茶色帽子用一副“不关我事”的样子挂在那里。本以为我的帽子一定就在这里，结果还是扑了个空。我又慌张起来，开始到处翻找。

接着，我发现门口的格子拉门上夹着某样黑色的东西。靠着电灯的光，我觉得那似乎就是我的帽子。我立刻穿起一旁的草鞋，奔向格子拉门。但当我正要拉开拉门，把自己那被挤成一团的帽子拿回来时，那拉门却自动地无声滑开，帽子就这样往马路的方向滚了过去。以往格子门外面的那道雨户①都关得紧紧的，不知为何今晚却开着。但我根本没有时间去想那些——不去追的话，帽子可就要消失在看不见的地方了！我慌慌张张地跟着跑了出去，而帽子就像那飞盘一样飞了两三间远。明明一点风都没有，帽子却能飞，真是太不可思议了。我拼命地跑啊跑，终于追到了帽子，放下心来：“哎呀，太好了，追到了！”然而，在我正要把它捡起来的那一瞬间，它又灵巧地从我手里溜走，就这样又滚了两三间远！我又立刻站了起来，追

① 用来遮雨的，可以合上也可以张开的外层木拉门。

在后面。像这样，每当帽子要被我抓到的时候，它就又飞到离我两三间远的地方了，我只好继续追。

就这样，你追我赶地到了十字路口，来到那个卖文具的婆婆店前时，帽子停了一下，宛如陀螺般地转了三四圈，就如同暖身般地跳了起来。落地后，它又用令人咋舌的速度往学校的方向飞奔。它就这样奔过了牙医的家，翻过了一天到晚作弄我们的小孩子家的酒馆的天水桶[①]。就在它晃过天水桶的下一秒，又穿过了斜对街三轩长屋那中等大小的格子窗，宛如有神风相助般地飘了进去。而后，又回到了大街上，开始得意扬扬地跑着。我则跟在帽子后面，左冲右撞地紧追。虽然夜晚暗得让人如此不自在，但帽子总是映在我的视野里，连徽章都清晰可见。话虽如此，但我还是追不上帽子。一开始还觉得很有趣，接下来便开始觉得不甘心、愤怒，到最后甚至觉得自己太丢人，甚至有点想哭。

“喂！等我一下！”我出声叫道。帽子怎么可能听得

① 用来装雨水、应对火灾用的大水桶。

懂人话呢？不过我还是说出口了。令人惊讶的事发生了：在我们来到学校正门的时候，帽子突然停了下来，转向我：“哈哈，你要是追得到的话，就来啊！”

帽子说话了！听了这句话，我骂了一声“可恶”后，怀着不想输的想法扑向帽子，结果我和帽子就一起毫无障碍地穿过了学校的铁门。

这时，我发现我在梅班的教室里。而我明明就是松班的学生，到底为什么会在梅班的教室里，我也搞不清楚。饭本老师拿起了一枚一块钱硬币让大家看：“有人知道要吞几枚这个才能治好肚子疼吗？”

老师这么问道。

“吞一枚就能治好了。”

立刻回答的是调皮捣蛋鬼栗原，但老师随即摇了摇头。

“吞两枚！”乖巧的伊藤举手回答。

“没错，就是两枚。”

我觉得伊藤果然很厉害。

等等，我的帽子呢？刚才我的注意力全都被老师手上的硬币给吸走了，等我回过神来，才开始到处找帽子。到底是在哪儿跟丢的？这附近根本没有帽子的踪影！

我心急如焚地跑出教室，来到一片广阔的原野。这是片无论往哪个方向看去，都生长着短短野草的原野。在那黑云笼罩的天空中，我的帽子就如黑色的月亮般高高吊在上面，我伸了手也碰不到。就算搭飞机，大概也没办法飞到那里吧！我只能在原地气得直跺脚。无论我如何跺脚、如何对着那顶帽子干瞪眼，帽子都摆出一副无畏的样子，完全对我不理不睬，还露出一种无论我说什么都不想回话的恶作剧表情。要是跟爸爸说，我的帽子不仅逃走了，还爬上天空，变成了黑黑的月亮，大概爸爸也不会相信。明天开始，我就没办法戴帽子去上学了，这未免也太过分了！我那么喜爱那顶帽子，为什么帽子要让我如此困扰呢？我更不甘心了，结果却只能默默流泪。

野地渐渐变暗，无论往哪个方向看都看不到人，更没有住家的灯光。这下子，我连到底该怎么回家都不清楚了。我一直没往这儿想过——该不会是妖怪狸猫变成帽子，要我玩吧？我总觉得“狸猫会变化样貌来整人”这个说法是骗小孩的，但这时我觉得有八分真。东京帽子铺想必是狸猫的巢穴，它们整了爸爸。为了把我带到这样的深山里来，首先要成功整到爸爸。这么说来，这顶帽子的样式实在是太合我的口味了！我边这么想，边看着那顶帽子，心情差了起来。或许也因此，那宛如黑黑的、圆圆的月亮高挂空中的帽子，看起来就像是一只圆滚滚的狸猫。但定睛一看，它依然是我最宝贝的那顶帽子。

就在这时，远方传来了呼唤我名字的声音。那声音像是在哭泣一般。我以为狸猫妖怪的头头要来了，这让我整个人因为恐惧而把背蜷缩起来。

突然出现在我眼前的，是穿着睡衣的爸妈。他们哭红了眼，慌乱地边喊着我的名字边试着找寻什么。看到这一幕的我激动万分，本想立刻扑上去，不过我转念一想，这个“爸妈”搞不好就是妖怪狸猫变的。我又突然觉得有点不舒服，于是停下了动作，目不转睛地开始观察这两个“人”。

爸妈完全没注意到近在咫尺的我。妈妈边喊着我的名字边不停翻找着五斗柜的抽屉，爸爸则擦着他那因为泪水而起雾的眼镜，把书架上的书全一一拿出来翻看。是的，不知为何，这个地方竟然有跟我家一模一样的书柜和五斗柜！我脑中想："要是我在那里就好了！"我又觉得他们找不到我也好，于是便继续默默地看好戏。

"怎么可能不在书里呢？不可能啊！"

终于，爸爸朝妈妈开口了："不会在书里的，搞不好是躲在五斗柜里睡着了！但月光这么暗，根本找不着啊。"

妈妈急哭了，回答道。

这是真正的爸爸和妈妈，天底下再也没有这么为我着想的人了，一定是的！

勇气突然涌了上来，我脸上挂上了笑容，想要用一声"哇"来吓他们一大跳，于是我开始呐喊，向他们冲去。令人惊讶的是，一如我的身体可以毫无障碍地穿过学校的铁门，现在，我有如穿过空气般，穿过了爸爸和妈妈的身体。惊讶的我回头一看，爸妈像是什么都没发生过一样，继续翻着他们的书柜、五斗柜。我再度靠近两人，伸出手——我立刻发现，不只眼前这两个人，书柜、五斗柜也像是空气般地摸不着。而眼前的这两个人则依然在拼命地喊着我的名字，哭泣着、寻找着我——我也开口呼喊并且越来越大声："爸爸、妈妈，我在这里啊！爸爸！妈妈！"

但是没有用。爸妈完全没有注意到我的存在，只是一心一意地翻找着我不在的地方。我感到有点丢脸，有一瞬间，甚至觉得干脆放声大哭算了。

就在这时，一股睿智的清泉突然从我心中涌出：想必是那只"帽子狸"在天上恶作剧，爸妈才找不到我。没错！如果是这样的话，只好收拾那只妖怪狸猫了！于是我决定，我要飞到吊在半空的帽子那里，好好整治它一番，再让它老老实实说出真相。因此我摆出了跳高的姿势："Ready on the mark！Get set！Go！"

我只是尽全力一跳，没想到这一跳就让我的身体一下子往上飞了起来。因为实在太有趣了，我就干脆让他不停地往上、往上、再往上，直到到了帽子所在的位置。我奋力一抓，抓住了帽子。帽子说："痛！"与此同时，帽子大概是从天之钉上脱落了，我便抓着帽子，垂直地向下摔落——不停坠落、不停坠落，还以为就要撞上草原，结果却有如掉进无底洞般不断下坠。下方越来越亮，电闪雷鸣，一片火海，亮得人眼睛都快睁不开了。假若掉进这片火海，很显然，除了烧死以外不会有别的下场。帽子开始大喊："救命！"

它嘶吼出声，我只能一直乱喊乱叫。

有人在摇晃我的身体。我吓了一跳，睁开眼睛，发现是一场梦。

半开了遮雨窗的妈妈来到了我的身旁。

"你怎么啦？叫得那么凄厉……不会是睡傻了吧？已经到上学的时间了。"妈妈说。

那些事就随他去吧！我立刻看了看自己的枕边。我最喜爱的那顶帽舌闪闪发光的、价值两元八十钱的帽子就在我右手里，被我牢牢握着。

我开心地看着妈妈的脸笑了。

有岛武郎

一串葡萄

一

我小时候很喜欢画画，我上的学校位于横滨的山上，那里住着很多西洋人，学校的老师也几乎都是洋人。我放学回家时，总会经过那条布满饭店与洋公司的海边道路。站在马路上往海边看，一片青蓝的海洋上满是军舰和商船，有些船的烟囱冒着烟，有些船的桅杆和桅杆之间挂着万国旗，美得让我眼睛都看痛了。我常常站在岸边看着这番景色，回家后再试图把自己脑中美美的画面画出来。但那澄澈透明的海蓝，还有那白色帆船漂在水线附近的洋红，却是我无论怎么用自己的画具都调不出来的颜色——无论怎么画，就是画不出自己双眼所看到的景色。

我突然想起了一个朋友的西洋画具，那位朋友是洋人，比我大两岁，身高也比我高，每当要看高大的他时，我总得抬头。名叫吉姆的这孩子，画具自然是上等的舶来品：在轻盈的木箱中，有四方形的颜料，十二色的它们，有如小墨条般地排成两列安坐。每个颜色都很美，但在那之中，海蓝和洋红更是美得让人吃惊。吉姆虽然身高比我高，但他不怎么会画画。然而，用上这组画具，就算画得不怎么好，看起来也很美，这让我一直很羡慕。只要有那组画具，我也能画出真正的海景。我甚至有点讨厌起自己粗恶的画具了。从那天开始，我就很想要吉姆的画具，但我就是个连向父母开口说想买画具都不敢的胆小鬼。就这样，我只能心中默默想着那个画具，就这样又过了好长一段日子。

如今，我已经想不起来那是什么时候了，只记得当时葡萄已经成熟，所以应该是冬天来临前的秋末。那天的天空，正如那个时节常有的秋季天空一样，是个可以望见天空深处的晴朗日子。我们和老师一起吃着便当，纵使是在享用着期待已久的便当，我的心情也十分黯淡。我独自深思：如果有人看向我，想必可以发现我铁青的脸——我想要吉姆的画具想得快疯了，想得整个胸口都疼。而我觉得，吉姆一定知道我在想什么，于是我偷偷看了他一下。他像是什么都不知道般地开怀大笑，跟坐在一旁的学生聊着天。不过，我总觉得他知道我在打什么主意，他跟别人说话时，我觉得他一定是在偷偷说：“等着瞧，那个日本人一定会来偷我的画具！”我的心情郁闷起来。但吉姆越像在怀疑我，我就越想得到他的画具。

二

我的脸蛋或许尚且称得上可爱，但身体和心灵都相当脆弱。不仅如此，我还是个胆小鬼，根本不敢说出想说的话，所以不怎么讨人喜欢，也没什么朋友。午餐时间一结束，活泼的孩子们就都到运动场去追赶跑跳、大玩特玩，但那天的我心情异常低落，独自回了教室。外面越是明亮，教室里就越显黑暗，一如我的内心。我坐在我的位置上，视线不时飘向吉姆的桌子，翻开小孩子们用小刀恶作剧地雕了纹样，又因被脏兮兮的手摸过而染黑的桌盖，里面放着书本、笔记本和石板，还有那个宛如糖果般的木色画具箱，画具箱里有墨条状的海蓝和洋红颜料。我觉得我的脸红了起来，我不由自主地转过身去，却又被它吸引，不得不往吉姆的桌子看去。心脏剧烈地跳动，甚至让人有点难受。明明只是坐着，却有如在梦中被恶鬼追着跑似的心慌。

要学生回教室的钟，当当作响。我被吓得站了起来。从窗户望去，可以看到学生们笑语喧哗走向洗手间的情景。我那好似瞬间被冻结般的脑袋让我感到有些不舒服。我的身体摇摇晃晃地来到吉姆桌前，恍惚地掀开了桌盖——跟我预想的一样，在笔记本和笔盒之间，就是那个自己见过的画具箱。不知为何，我东张西望，确定没有人在看着自己后便打开箱子，取出海蓝和洋红的颜料块，塞进了自己的口袋，然后急急忙忙地前往我们班排队等老师的地方。

年轻的女老师带着我们进了教室，同学们都坐在了各自的座位上。虽然我不禁想看看吉姆现在的表情，但我始终没有把头转向吉姆。话虽如此，好像没有人发现我到底做了什么，这让我有点不自在，却又感到安心。我最喜欢这位女老师了，然而她上课的内容，我左耳进右耳出，完全没有听懂，老师也不时用不可思议般的表情看向我。

说不出为什么，我那天非常不想和老师对视。就这样过了一个小时，我总觉得班上的同学们在交头接耳。

下课的钟声响起，我安心地吐出一口长长的气。但老师一走，我们班上最健壮又最聪明的学生立刻抓住了我的手肘，说道："你来一下。"我随即就像被老师抓到没写作业的学生似的，整个人开始颤抖。但我又立刻觉得我应该装傻装到底，于是想摆出一副没事人的样子，跟着那个学生来到了运动场的角落。

"你拿了吉姆的颜料对吧！快交出来。"

那个学生朝我伸手，张开手掌。听他这么一说，我反而镇定了下来："那种东西，我才没拿呢。"我信口开河，而吉姆带着三四个朋友来到我身边："在午休前，我可是检查过画具箱的，当时里面一个都不少。结果午休结束后我就发现少了两个！午休时人在教室的，就只有你一个啊！"吉姆的声音有点颤抖，反驳道。

觉得已经撑不下去的我感到血往头顶直冲，涨红了整张脸。这时，吉姆的一个朋友突然用手探向我的口袋。我虽然奋力抵抗，但寡不敌众，于是我口袋里的玻璃珠和铅制的尪仔标都被翻了出来。当然，那两块颜料也不例外。大家的脸上都写着“快看”，并用憎恶的表情看着我。我的身体不停颤抖，眼前快要一片漆黑了。天气这么晴朗，下课时间大家玩得这么开心，但我反而颓丧到了极点。我为什么要做那种事呢？这下不就无法挽回了吗？完蛋了！本来就很胆小的我，感到孤独和悲伤，哽噎了起来。

“哭也没用！”成绩好又健壮的那个孩子用轻蔑和愤恨的声音说。大家想把瘫在原地、赖着不动的我拽去二楼。我本来不想动，但依然被连拖带拽地登上了楼梯。而楼梯上，就是我最喜欢的那位老师的办公室。

吉姆最后还是敲了那间办公室的门——敲门就是询问能不能进屋的意思。“请进！”老师说道。我从来没有像这次一样这么不想进这个房间。

老师似乎正在批改作业，看到一群人蜂拥而入，她有点吃惊。明明是位女性，却像男人一样头发只留到颈上。她边用右手抚着自己的头发边用平常那温柔的神情看向这边，偏了偏头，做出“有什么事”的动作。那个健壮又聪明的学生走上前，对老师详细地叙述了我偷拿吉姆颜料的事情。老师的表情变得有些阴沉，认真地看了看大家的脸，还有快哭出来的我，问我：“是真的吗？”虽然是真的，但我实在不想让最喜欢的老师知道自己是个这么恶劣的人，这太痛苦了。于是，我用哭泣作为回答。

老师又看了我一会，向大家说道：“大家先回去吧。”老师让大家先离开，大伙便不太满意地、闹哄哄地下了楼。

老师沉默了一段时间，也不看我，只看着她自己的指甲。之后，她缓缓地站起来，靠近我，抱住我的肩膀，轻声问：“画具，你还给人家了吗？”我想让老师知道我已经还了，所以深深地点了点头。

“你知道这是件坏事吗？”

当老师再度平静地开口时，我再也忍不住了。无论多么努力试图咬紧牙关，都忍不住哭声，忍不住眼泪……甚至有了干脆在老师的怀中一死了之的念头。

“好啦，你也别再哭了。你知道这样不对就行了，别哭了，乖。下堂课，你就先在我这边休息吧。在这里静静地休息一下，等我从教室回来，好吗？”老师边说着边让我坐上了长椅。此时上课钟响了，于是她拿起了桌上的书本，看了我一眼，又从那爬到二楼窗户旁的葡萄藤上，摘了一串西洋葡萄。她将它放到正在不停哭泣的我的大腿上，静静地离开了办公室。

三

喧嚣的学校，也在学生们进入教室后突然静了下来。我感到既寂寞又非常难过。我是如此喜欢这个老师，可是我显然让老师失望了，这又让我察觉到，自己真的做了件很坏的事。只顾着哭泣的我，自然也没有心情去吃放在我面前的葡萄了。

突然，有人轻轻地把我摇醒了——我在老师办公室里，不知不觉就哭到睡着了，有位高瘦的老师带着笑容低头看我。我或许是因为睡了一觉，心情也平复了不少，把那些事给抛在了脑后，不好意思地笑了笑，慌忙地把要从腿上掉下去的葡萄串捞起来。看着葡萄，我又想起那些悲伤的事，笑容又缩得不见踪影了。

“你也不用那么难过。大家都回去了，你也回家吧。明天无论如何都要来学校哦。要是没看到你，我会很难过的。就这么说定了哦！”

老师边说边将葡萄放进了我的包包。我依照平日下课的路，沿着海边眺望大海、眺望船舶，跟以往一样回到家，享用了美味的葡萄。

然而，第二天我实在没有心情去学校。要是突然肚子痛就好了！要是突然头痛就好了！但这种时候，连蛀牙都不肯赏脸！无计可施之下，我只好心不甘情不愿地出了家门，缓缓走向学校。途中，我想着要怎么样才能不进校门。回想起昨天老师说过的话，我又突然很想见到老师！如果我不去学校的话，老师一定会很难过……想见到老师那温柔的眼神，我靠着这个念头，好不容易才踏入了学校大门。

令人吃惊的事发生了：吉姆一见我进学校，立刻就冲上前握住我的手，亲切得仿佛忘了昨天发生过的一切。他带着忐忑不安的我前往老师的办公室，我一头雾水，原本以为到了学校，会有一群人远远地打量我，七嘴八舌地说：“那个日本人小偷来啦！”这跟预想完全相反的状况反倒让我很不自在。

或许是听到了我们两人的脚步声，老师在吉姆还没敲门之前就开了门，让我们进入她的办公室。

“吉姆，你是个好孩子！吉姆说，你不用跟他道歉，只要你们接下来能当朋友就好了。握个手吧！”老师满面微笑地对我们说。对我而言，这情况未免太过离奇，令我感到有点慌乱。不过吉姆直接握住了我垂着的手，坚定地握了握。我已经不知道该如何表达自己内心的喜悦，只能不好意思地傻笑。吉姆看起来也笑得相当愉快。老师看着这一幕，笑问：“昨天的葡萄好吃吗？”

我除了满脸通红地回答“嗯”以外，别的什么也说不出口。

“那再给你一些吧！”

老师说着，向窗外探出她那包裹着洁白亚麻布衣服的身体，摘下了一串葡萄。她将紫色的、沾了一点白霜的葡萄串放在她那白皙的左手上，接着用细长的银色剪刀，从中央将它剪成两半，分给了我和吉姆。在白皙的手上层叠的紫色葡萄粒，美到我现在都能清楚忆起。

在那之后，我变得更加乖巧，也没那么胆小了。

这么说来，我那位好老师到底去了哪里呢？虽然知道大概无法再相会了，但还是希望能再见到她。只要到了秋天，就能看到紫色的葡萄串上结了层美丽的白霜，然而，那双宛如大理石般承载它们的玉手，却已杳不可求。